K：英国情人

虹影长篇小说定本全编

虹影 著

K:
English
Lover
HongYing

南方出版传媒
花城出版社
中国·广州

图书在版编目（CIP）数据

K：英国情人 /（英）虹影著. -- 广州：花城出版社，2022.3
（虹影长篇小说定本全编）
ISBN 978-7-5360-9553-3

Ⅰ. ①K… Ⅱ. ①虹… Ⅲ. ①长篇小说－英国－现代 Ⅳ. ①I561.45

中国版本图书馆CIP数据核字(2021)第273463号

出 版 人：张　懿
项目统筹：许泽红　李倩倩
责任编辑：许泽红　王佳云
技术编辑：凌春梅
封面供图：马灵丽
装帧设计：友　雅

书　　名	K：英国情人
	K：YINGGUO QINGREN
出版发行	花城出版社
	（广州市环市东路水荫路11号）
经　　销	全国新华书店
印　　刷	恒美印务（广州）有限公司
	（广州南沙经济技术开发区环市大道南路334号）
开　　本	880毫米×1230毫米　32开
印　　张	8.375　2插页
字　　数	182,000字
版　　次	2022年3月第1版　2022年3月第1次印刷
定　　价	49.80元

如发现印装质量问题，请直接与印刷厂联系调换。
购书热线：020-37604658　37602954
花城出版社网站：http://www.fcph.com.cn

本小说女主人公纯属虚构，特此申明。

献给那个人

目 录

1 女子善怀，亦各有行（总序）/ 林宋瑜
19 修订说明

001 开篇之前
003 a 遗书
008 b 那个地方叫青岛
018 c 烛光晚宴
036 d 只好梦中遥望海上的灯塔
055 e 我不能像渴望海洋那样渴望你
060 f 在火车上读她的小说
066 g 北平梦境
076 h 修行爱和欲
088 i 中国丝绸
094 j 试妻
099 k 第一次见到艾克顿爵士
102 l 让我们土香山

108　m 螃蟹的美

117　n 战争将至，拿走我的心

126　o 还有我们的青岛

145　p 虹的形象

154　q 还是渴望海洋

165　r "不嫉妒"

177　s 走上正轨

182　t 与易在一起

196　u K是第一

199　v 因为龙舌兰花开

210　w 让我快快看到你

213　K给裘利安的诗

附录

219　专业化小说的可能性 / 陈晓明

227　走进裘利安·贝尔的情感世界 / 顿珠·桑

232　答杨少波八问

总 序

女子善怀，亦各有行
——虹影创作的 N 面

林宋瑜

纳博科夫在他的《说吧，记忆》前言中写道："对俄国记忆的一次英语重述的一次俄语复归的这一英语的再现，首先被证明是一项恶魔般的工作，但是给予我某种安慰的是想到这样一种为蝴蝶所熟知的多次蜕变，以前还从没有任何人尝试过。"[1]这里有几个关键词让我记忆犹新，一是语言，涉及母语及客语；二是重述与复归，涉及文化与经验；还有，就是"多次蜕变"。在我读到这个中文版本的《说吧，记忆》时，我差不多也与虹影的创作相遇了。当时的虹影，客居英国伦敦，她用中文写作，追述中国往事，重构记忆中的中国。

2021年3月，大部分地区正是春寒料峭，广州却已经一片姹紫嫣红。在生机盎然的气象中，我收到虹影发来的最新长篇小说

---

[1] 纳博科夫：《说吧，记忆》，杨青译，花城出版社：1992年，第4页。

《月光武士》的电子稿，文件名显示是3月8日修订的。3月8日这一天，是国际妇女节。《月光武士》书名很"异文化"，有玄幻小说的色彩。书名来自作为小说隐线的一则日本民谣故事：一身红衣的小小武士，骑着枣红色骏马闯荡四方。路见不平，拔刀相助，替天行道。他救了一个落难小姑娘，小姑娘不想活，小武士带她看月光下盛开的花，月色中长流的江水，人间美景皆是活泼的生命。小姑娘因此得到活下去的鼓励和力量……多么诗意和富有童话色彩！每个女孩心底都有一个"月光武士"，都有一种被呵护、被珍惜的渴望。虹影将这个情结置于残酷叙述之间，并让我们看见"月光武士"化身在人间，非常巧妙地化解了现实层面的悲惨、戾气、压抑和绝望的状态，让人有活下去的勇气。这种叙述方式，在虹影以往的长篇小说中是罕见的。

整个小说所呈现的生命情状，与广州这个季节的气息相呼应，是非常饱满、不断流动变化的生命方式。尘世的欲望与激情，色彩驳杂而灿烂；回首故乡的那种悲伤、审察和谅解的复杂心路，是对来路的回溯或追寻，潜蕴着对所爱之人刻骨铭心的依恋与怀念。小说通过真实与虚构的场景与人性解读，构造出一个强大的精神气场，生机盎然。而书名虽为"武士"，但我知道虹影的小说，主角必有奇女子。

这个一闪而过的猜想，大概来自对虹影数十年创作的理解。虹影在中国发表的第一篇小说，标题我还记得：《岔路上消失的女人》（《花城》杂志1993年第5期），距今将近30年。虹影是多产的，长篇、中篇、短篇小说，以及诗歌和散文，甚至童话作品，其创作迄今运用了多种不同体裁，当然最重要的体裁是小说。她的叙事风格、她藏在作品里的思想情感，也一直在微妙地变化着，然后渐渐形成了她丰富而独特的文学世界。"岔路上消失的女人"似乎成为一个隐喻，或者一个预言。虹影的作品，总会让我想起女人，她们的性格、命运、生活的道路……女人的面孔是在雾中的，但身影的轮廓清晰，风一样的女人，不走直路，不在主流路线上。她随时可能拐进前方的岔路，探出自己小径分岔的莫名远方，消失又出现，或者转身是另一个神秘女子……

读《月光武士》，在阅读中升起感慨。30年的创作，对于一个作家，意味着什么？《说吧，记忆》就是在这个时候浮现出来的。我从书柜里把泛黄的书找出来，重温纳博科夫的话。如果说，虹影创作的基石，也即叙事的出发点，来自她出生以来所遭遇的伤害、苦难及困扰，来自她昏天暗地的生活记忆，那么，这种记忆究竟发生多少次蜕变，才成就当下的言说？

我读《月光武士》，走进一个少年的青春期故事里。"成长"，是虹影小说最重要的元素之一。这一次的成长，是一个少年的形象，那个愣头青小子窦小明，他的成长过程同样充满艰难曲折、迷失与回归。在他身上，既可以看见虹影的影子，也可以看见虹影的梦想。通过窦小明，她再次讲述了记忆中生活的粗鄙、凉薄与悲情，却也书写了一种刻骨铭心的、无法完成的爱情，心灵的热切追求，如梦如幻，义无反顾，至善至爱。因此让小说的底色突破灰暗岁月，很自然地呈现出一种明亮和纯粹，让阅读获得一种怦然心动和飞翔之感。

叛逆、自由、勇敢、好奇、侠气、专情……窦小明这个人物承载着理想和纯真，自带光芒，熠熠闪亮。他的生活背景是烟火气浓重的重庆市民社会。隔着纸页,我都闻得到二十世纪七八十年代"老妈小面馆"的麻辣香气,听得到江边码头汉子们粗野的吆喝。这也是一个重情有义的世界。所有的人,难以分好坏和正邪,他们是凡夫俗子,世俗的欲望与烦恼,不比你、我、他多,或者少。爱中有恨,恨里有爱,纠缠与分离,告别与重逢,剪不断的恩怨情仇,犹如那滔滔不绝的嘉陵江水,抽刀断水水更流。

当"大粉子秦佳惠"出现时,"整个身影罩着一层光,跟做梦似的",让少年窦小明的"心飞快地跳动"。不是女主角会是谁?我还是不懂"粉子"的确切意思。专门查了一下词语解释:"粉子,形容漂亮女性。'粉'就是漂亮的意思。对漂亮女人的赞美依次可以为:粉子、很粉、巨粉。在成都,大凡有点文化的人,把可能成为性对象的女人,都称为'粉子',算是对女性的一种尊称。""粉子"是川方言。川方言在《月光武士》里并不少见,比如"哈巴""水打棒",诸如此类,非常醒目。对于我这个在另一种方言中长大的岭南人来讲,这种阅读获得奇妙的陌生化效果。

秦佳惠是一位中日混血儿,她就是少年窦小明心中的女神。她美丽、温柔、神秘,有特殊的感染力;她身上没有虹影早期小说那些女性的凌厉、剑拔弩张,没有如《康乃馨俱乐部》那种深怀大恨绝处反击颠覆反攻的复仇心态。秦佳惠是温婉的、隐忍的、顺从的,甚至低到尘埃的,同样也是情深义重的。因为秦佳惠,《月光武士》有一种柔韧绵美的力量。秦佳惠是小说人物关系的联结点,她的父亲、落难的大学教授秦源,黑社会混混头子、出于报恩所嫁的丈夫钢哥,曾经生活在中国的日本女子、母亲千惠子,粗野泼辣而又顽强的窦小明母亲……这些人物着墨并不太多,却个性传神,留下很多想象的空间。虹影的写作，到了现在，已经张弛有度，不煽情，不文艺腔。爱恨情仇，分寸拿捏得恰到好处。叙事时间跨越几十年的一部作品，故事经历了时代天翻地覆的变化，但叙述节奏把握得很稳。物事、场景和人物关系随着情节一层层展开，读到最后，让人有一种"过尽千帆皆不是，斜晖脉脉水悠悠"的唏嘘怅然，却也可以波澜不惊气定神闲了。

结尾写道："人只有忘掉旧痛，才可重新开始，但旧痛仍在，噬人骨髓，他将如何重新开始？"这一段是写窦小明的，也是虹影的独白。

无论是救苏浠，还是救秦佳惠，"英雄救美"都只是故事的外壳，是引子。《月光武士》的核心，有关一座城的精神变迁史，一个人的精神成长史。这种精神成长，不仅仅是窦小明的，也是虹影自己的，更是属于经历大时代动荡转折的一代人。所以，这部小说，尽管题材与《饥饿的女儿》《好儿女花》的自传色彩有很明显的不同，但究其内核，却有一脉相传的联系。因其呈现出新的叙事角度和价值取向，以及对前两部自传体小说的呼应与突破，《月光武士》应该是虹影创作的重要节点，甚至可以视之为虹影新的精神自传。

窦小明是具有双重视角的角色。一个是显性的视角，虚构的小说人物、当事者少年窦小明、男性窦小明；另一个是隐性的视角，言说者虹影、目击者虹影、旁观者虹影、女性主义者虹影。

多线叙事和双重视角，使《月光武士》具有一种复调效果和变奏曲般的音乐感。小说人物繁多，内部有着多声部对话，不同人物有各自的立场与表述。欢乐与苦痛，都在对话里或暗藏或显现。也正是这种显隐结合的叙事方式，让我们读到了扎根于虹影心中最有生命的东西,即是她关于世界及复杂人性的解读中那种真实有力的心理现实。这部小说,从个人写到群体,从家庭写到社会,横跨大半个世纪,是最普通的山城重庆百姓在历史滚滚洪流中命运沉浮、悲欢离合的深情记录和歌哭,包含她的痛与爱。这是一种叙述的转向,虹影不再执着于追寻真相与辨认某种界定。甚至,作为叙述者的女性主体、女性视角是隐蔽的,历史与记忆,虚构与想象,基于她当下的情感形态和心理认同,她从而呈现了超越性别的写作方式。

只有回顾虹影的创作历程,才能明了她当下的言说。

童年时代插入胸膛的那根刺,还在那里。拔出来,伤口还在。虹影通过她的写作,一次次晾晒内心的伤痛,那些不堪回首的往事、那些歇斯底里的喊叫、暴力的场面、践踏尊严的羞辱,都让读者产生压抑、揪心的感受。

在心理学精神分析疗法中,有一项"修通"技术。就是通过打破强迫性重复,实现满足现实需要,最终发展出满足自己愿望的能力。而一个人的现实需要一旦得到满足,强迫性重复就会被终止。更进一步,一个人能发展出满足自己愿望的能力,能做自己喜欢的、自己追求的事,愿望达成,他的身心就会放松、自如,内外世界和谐。这就是创伤记忆与心理修通的关系。这个过程,有点类似禅宗的"悟",而且是渐悟的过程。渐悟就是多重创伤愈合的过程,它是漫长而且曲折的修炼。虹影正是通过她一次次坦率大胆,甚至冒犯的书写,她的私人性故事与公众化表达,她看见了自己,接纳了自己,最终修通自己,活出自己缺少且一直追寻的那一部分。

这个最重要的蜕变契机,是女儿的诞生。"写完自传小说,是和过去的自己真实对视,在有了女儿后,才真正和过去的生活做了和解。"①虹影如是说。

成为母亲与书写母亲,是虹影最重要的生命经历。生命因母亲而来,18岁前在山城重庆南岸长大,也因此成为虹影生命的基阶。从《饥饿的女儿》到《好儿女花》,读者与虹影一起经历着边缘女性沉重的生存危机(底层的)、身份危机(私生女)、性别危机(受侮辱并损害的女性),以及自我审视、挣扎的艰难过程。这个因创伤记忆造成的巨大心灵黑洞,需要一生的时间去不停填充。那是一种多么巨大的饥饿!虹影曾经谈及心灵的伤痛:"我的内心一直住着一个困兽,我无法倾诉,我无法寻求救赎,我濒临窒息。我想一个女人为什么活着,男人、欲望、金钱和名誉?不,都不是,而是基本的生存中,那最寻常的安宁之乐,父母双全,一家人在一起相守。而现实总不会给我们。"

残缺之痛,被社会压到最低的弱者之痛,边缘性地位饱受偏见与侮辱之痛,被虹影赋予到小说女性命运遭遇中。女性,成为虹影无法回避也不回避的话题,"她是谁?""她从何而来?往何去?"成为她无法停歇的追问。虹影写了多少部小说,就有多少个处境不同、形象各异、生命既复杂又丰富、或纯粹或妖娆的女性形象。她更多地书写了女性的受难与抗争,比如母亲,比如六六。她们好像萧红笔下的女性,卑微、隐忍、抗命。虹影也写了一些以

---

① 《虹影:不再饥饿的女儿》,《三联生活周刊》,2019年,第41期。

男性为主角的作品,比如《鹤止步》,还有最新完成的《月光武士》。但是她写男性,是试图以跨性别视角理解男性世界、审察性别关系。是站在"她"的立场发声。

评论家陈晓明曾经在《女性白日梦与历史寓言——虹影的小说叙事》一文中剖析虹影的小说《康乃馨俱乐部:女子有行三部曲》,将其称为"文化幻想小说"。所谓文化是指被漠视的文化冲突、文明冲突等问题,比如关于性与欲、财与权、肤色与信仰这些我们必须面临的现实处境中的危机与矛盾冲突,虹影通过带着芒刺和尖锐棱角的叙事话语,大胆质疑勇敢挑衅。而幻想,则是《康乃馨俱乐部:女子有行三部曲》的三个独立篇章,由一个中国女子贯串起来,在未来时间里,在三个世界著名城市——上海、纽约、布拉格的奇特经历。事实上,《康乃馨俱乐部:女子有行三部曲》从体裁来看,也可以视为科幻文化小说,或者称之未来小说。关于《康乃馨俱乐部:女子有行三部曲》中这位中国女子的名字"蝃蝀",虹影在自序中诠释,典出《诗经·鄘风》"蝃蝀"篇。从诗中得解,包含这样复杂的意义:女人是水,水汽升发得虹,女人成精;女人是祸,色彩艳丽更是祸。于是"不敢指",可能有些人"莫敢视"也。这个时期的女主角,是为爱而生,也为爱敢恨的,富有破坏力、反叛力和抗争性。这也是虹影当时写作的内心经验、情感经验。而当第76届威尼斯国际电影节上,娄烨的新片《兰心大剧院》入选主竞赛单元时,作为该电影原著小说《上海之死》作者的虹影,接受采访解读自己创作的女性人物时,她说:"我认为原谅、宽容以及自我审判才是文学更强大的力量,这种力量是女儿唤醒了我,只不过转换了一种方式去书写,我依然是一个女战士,在文本中书写女性的反叛。"①

《上海之死》是虹影一系列历史虚构小说之一。虹影已经陆续创作了不少历史虚构小说,如《K:英国情人》《阿难:走出印度》、上海三部曲(《上海王》《上海之死》《上海花开落》),都是借历史的碎片,抒写奇女子的命运故事及情感关系,其中包含着虹影强烈的女性观和生命观。虹影是一个很会讲故事的作家,但她如果停留在讲故事的层面,她会容易被指认为通俗作家。虹影说过:"关于小说创作,我以为只有一条规则,'好故事,说得妙'。"②这个"妙",包含了创作的各种玄机。一部作品,故事不是作为经验的表达,它还包括了精神的探索,生命意义的呼喊。它包括并呈现了人性的复杂、心灵的复杂,还有灵与肉的冲突、搏斗、交融。所以,真正的小说创作,我们称之为叙事艺术,因为它通过叙事话语所体现的故事,其境界是一般讲故事所不可比拟的。这就是小说的人文价值、审美价值,也是创作的玄机所在。

关于女性的话题,《好儿女花》可以说是一条分界线。在此之前,尤其是《康乃馨俱乐部:女子有行三部曲》(《上海:康乃馨俱乐部》《纽约:逃出纽约》《布拉格:城市的陷落》),在二十世纪九十年代后期,世界女性主义理论登陆中国,各种相关概念、术语为理论界所热烈讨论、广泛使用,虹影的作品被视为最激进、张狂的女权主义文本。她笔下的女性,抗争的方式往往是对抗的、造反的、运动式的,有破坏力的。"女权主义"这个标签,贴在虹影的作品上久矣。不仅是《康乃馨俱乐部:女子有行三部曲》,还

---

① 《虹影:不再饥饿的女儿》,《三联生活周刊》,2019年,第41期。
② 虹影公众号,虹影:《我为爱写作》,2020年2月14日。

有上海三部曲——《上海王》《上海之死》《上海花开落》，虹影以她的方式演绎并塑造了筱月桂——一个小女孩变成一个黑帮女王的过程，也虚构创造一个女明星同时也是情报人员，如何面对爱恨生死的人生大问题……我认为，中国当代女作家中，没有谁比虹影更熟悉世界女权主义的理论及发生的现实演变，她也曾经很认可这样的标签。

《好儿女花》，是我初读时很震惊的小说。小说中涉及的暗黑而沉重的家族历史、怪诞而挑战人伦禁忌的婚姻生活，极端的、超常规的，都是我的想象力所不逮的世界。我与虹影，是在不同文化传统和家庭环境中长大的两类人。我自以为很了解现实生活中的虹影，但我还是无法判断小说里有多少成分是来自真实的原型真实的生活，有多少是虚构。而且面对这部作品，阅读也是需要勇气的。这部小说的动因，来自母亲的去世和破碎了的婚姻。同时，这部小说的扉页，写明"给我的女儿SYBIL"。虹影站在人生的重要转折点，一道门关上了，另一道门已打开。她追述、追寻半生的母亲走了，她自己成为母亲，女儿SYBIL诞生了。命运的改变，人生轨道的改弦易辙，同时成为虹影重建自我、确认自我的新起点。在《好儿女花》的首页《写在前面》，虹影写了一段话："我没有想到，也未敢想，有一天我会再写一本关于母亲和自己的书，但我知道，只有写完这书，才不再迷失自己，并找到答案，即使部分答案也好。"

那么，《好儿女花》之后，虹影还是女权主义者吗？

2016年9月在广州的1200书店，虹影与评论家谢有顺、龙扬志和我的一场对话讨论中,"女权主义"是其中一个重要的话题。虹影认为她已经不是一个女权主义者了。谢有顺当时说了这么一段话:"我认为最伟大的女性主义者绝不仅仅是反叛男性,或者对男性勇敢地抗议,我觉得这还不是伟大的女性主义者。最伟大的女性主义者肯定是包含了对男性的爱,其实最终还是希望改变两性对立的关系,而不是说要把男性从女性的世界摘除出去。恨不能改变一个人,也许爱才能改变。"①以此为标准,可以确定,虹影迄今依然是一个女性主义者,而且是当代中国女性作家中最彻底的女性主义者。"女权主义"与"女性主义"均是英文Feminism的不同译法,但我认为"女性主义"更为确切。"女权主义"让我们联想到的是"妇女的权利"(Women's rights),联想到西方曾经轰轰烈烈的女权运动。以此区分,《好儿女花》之前,虹影是女权主义者,《好儿女花》之后,甚至可以说,自始至今,虹影就是一个彻底的女性主义者。这个定义,来自她全部作品最热切的关注,最热情的抒写,是关于女性生命成长的各种可能,关于女人的苦难、忍辱负重、反抗与努力,关于女人的蜕变与重生,关于女人与男人的爱恨、宽容与和解。而她的性别视角、女性主义观念,在创作过程中,是不断演变的。

我重读《好儿女花》,再次走进这部争议不休的小说里。外婆与母亲之间的恩怨,成为理解这部小说叙述转向的切入点。从起源处重新审视自己的人生,以母亲为镜,看见自己尚未充分呈现的另一部分人格,给自己整合、重塑、新生的机会,我以为,这是《好

---

① 花城出版社公众号,《虹影〈康乃馨俱乐部〉与中国女性书写蜕变》,2016年9月14日。

儿女花》的书写意义之所在。"外婆的心眼儿诚,她种小桃红,朝夕祝福。母女之间长年存有的芥蒂之坝冲垮,母亲的心彻底向外婆投降。母亲泪水流个不断,悔呀恨呀,可是也没用,外婆不能死里复生……"①这是一部多线叙事的作品。除了母亲去世这条引线,还有婚姻崩溃这条线,还有"我"与兄弟姐妹之间的亲情关系这条线……每条线既清晰又相交叉纠缠,是一团越扯越紧的人间乱麻。更重要的是,在这貌似纪实、裸露、传记体的显性叙述中,却有一种小说氛围被精心营造出来,把读者引进内在隐秘、紧张、险象环生的中心。越过了相互关联的人与事,穿过整个关系蛛网,我看见虹影在描叙"小姐姐"的小唐,又换一套笔墨在讲述"我"的丈夫。然后"小唐"与"丈夫"合二为一,那些伤害、屈辱、压抑、恐惧、危机感……与对母亲的追述交织在一起,五味杂陈,伤痕累累。"我"和母亲作为典型的女性边缘人物,一生贯串着被嫌弃、被嘲笑、被误读、被羞辱的命运,但也以不同的方式相似的勇敢顽强,忍受着来自世界的恶意,经历跨越创伤、自我疗愈、忏悔、和解、包容并重建的艰难过程。

而对于这部小说中"我"与小唐、小姐姐的三人行关系,我曾经目瞪口呆,找不到如何评述的词。但这次重读,我清楚地看见虹影笔下一个PUA(Pick-up Artist)高手形象。"丈夫"形象可作如是观。我不知道虹影在写《好儿女花》时是否意识到这一点,但至少,她大概知道心理学中的"煤气灯效应",即认知否定,一种通过"扭曲"受害者眼中的真实,而进行的心理操控和精神洗脑。

---

① 虹影:《好儿女花》,江苏人民出版社:2009年9月版,第25页。

创作《好儿女花》时的虹影，以强烈的女性身体意识和直觉在书写创伤，小说中大量的短句子，那种紧迫节奏，像是沉重的喘气，给人一种窒息感。压抑的痛苦、深藏的悲伤和耻辱感，构成文本的隐性层面。其基底，有心碎、怨怒、依恋与矛盾的爱。虹影带着武器和盔甲。也就是说，她一手握矛，一手持盾，她的攻击与防护都是有爆发力的。《好儿女花》的开头写着："温柔而暴烈，是女子远行之必要。"这可作为解读这部小说所有扭结不清的情感及复杂人性表现的钥匙。母亲葬礼结束不久，女儿诞生了，新的生命开启了新的未来，意味着各种可能。外婆—母亲—我—女儿，虹影循序抒写了女人的命运、身份蜕变与重生。它既意味着生命的轮回，同时构成一个极有张力的生命之环。无私的母爱，是其中触及灵魂的救赎力量。

而关于母亲的叙事，从《饥饿的女儿》开始，就执拗地贯串在虹影大多数的小说中，这是她难以释怀的心结。这部为虹影带来极大创作声誉的自传体小说，同时也是饱受争议和误读的作品。因为身世之谜及身份危机所带来的困扰，虹影闯进兵荒马乱之年母亲的爱情与婚姻历史之中。"我是谁？""生命从何而来？""什么是爱？""母爱是什么？"这些看似终极追问的困惑，在敞开裸露的家族历史追寻中，一步步逼近真相，难以直面。这让一个18岁少女的情感变得复杂、矛盾而纠结，几近崩溃。而它所引发的争议，恰恰是这种言说的方式触及当时作为叙事禁区的身体伦理与情感越轨。今天重新读《饥饿的女儿》，会发现，这种看起来极其胆大妄为的叙述，其实是老实坦白的手法。迫不及待地直白倾诉，甚至滔滔不绝，让虹影顾不上修饰、隐匿、曲笔、善巧。正如汉学家葛浩文的评价:"许多此类书,我看有个共同点,就是想要宽恕自身劣行,或呼喊受冤,或自我标榜,或有意卖弄……《饥饿的女儿》贯串的特点是坦率诚挚,不隐不瞒,它就是为什么连续三天时间我一直在读这本相当长的书稿。"①

写女性的命运道路,写两性关系,脱离不了性爱描写。而性描写,也是虹影小说被议论纷纷的一个方面。但不得不承认,虹影是描写情色的高手。性爱几乎是她小说的贯串性旋律,1999年写成的长篇小说《K:英国情人》,是其性爱主题的登峰造极。也因其惊世骇俗、颠覆传统引发更激烈的争论,甚至惹来官司。这部小说的内容,通过东方知识女性闵与西方登徒子、青年教授裘利安的性爱传奇,将女性的主动性、自主性、自由精神写得淋漓尽致,无法无天。这显然是对男性中心主义的挑战。中国没有哪一个女作家敢如此写,也没有哪一个男作家会这样写。而最新完成的《月光武士》,荷尔蒙气息和肾上腺素同样弥漫纸页之间,写得血脉偾张。细节,非常考验创作功力,它是小说坚实而永恒的支点。正是通过细腻而奇妙的性爱细节,画面感极强、激情洋溢、狂野浪漫,使虹影小说中的性爱描写场面,被关注,也被读者津津乐道、褒贬不一。虹影写性,不是欲望化叙事,也不在于猎艳、宣泄。"性"是其风月宝鉴,以此照见人性与人心,照见性别文化的历史与演变。也是从写"性"的态度上,虹影小说显示出极大的文化张力:性别文化、中西文化、传统与现代的文化碰撞……

好小说除了好故事,还应该在其话语方式中包括作家对世界、

---

① 葛浩文:《〈饥饿的女儿〉——一个使人难以安枕的故事》,《饥饿的女儿》,知识出版社:2003年,第234页。

对生命、对生存的看法和态度，以及价值取向。创作技巧是融入作家的洞察力、评判力和思想观念的。

很难说虹影的话语方式是传统写实还是后现代颠覆，是女性主义还是新历史主义，是海外流散文学还是乡土文学。似乎都包含了，界限不清。更准确地说，她的创作，从形式到内容，往往是跨界的。

创作达到成熟的阶段，跨界是自然而然的，体裁只是借来表述的工具。就好比武林高手，不按套路不拘拳法，该出手时就出手。萨尔曼·拉什迪给儿子写过《哈龙和故事海》，智利女作家、《幽灵之家》的作者伊莎贝尔·阿连德给自己的孩子写过少年探险奇幻三部曲《怪兽之城》《金龙王国》《矮人森林》，英国大作家吉普林写过《丛林里的故事》。而成为母亲的虹影，是否也会为她的孩子写书呢？

虹影果然写了《神奇少女米米朵拉系列》《神奇少年桑桑系列》九本小说。《米米朵拉》讲述了10岁主人公米米朵拉怎样在"丢失母亲"之后走遍世界的寻母冒险记，是一次对童话、神话、奇幻、民间故事等多体裁的混搭，讲未来世界人类会面对的种种困惑和危险。这是她对女儿爱的启迪与教育，她自己也在成长。成长是生命不断变化，从一种境遇走向另一种境遇的过程。小说所要表达的，正是这种变化着的生命哲学。她从对女性欲望叙事、两性关系探寻，到对母爱、友谊、亲情等普遍人性光辉的呈现，把自己生命中寻找到的重要意义表达出来。而这个核心，是关于女性身份与生命道路，关于女性命运的各种可能性，关于女性心灵的深刻体验。在这个意义上，虹影是真正的、彻底的女性主义者。

《好儿女花》之后，虹影关于性别关系及女性的生命观，有明显的转变。如果之前的女性形象面对男权中心世界的方式是呈现创伤、控诉呐喊、对峙复仇的，在《罗马》《月光武士》中，她赋予女性人物更鲜明的现代性，独立、自主、圆融洒脱。比如《罗马》里的燕燕和露露，以及《月光武士》里的苏浠，还有秦佳惠最后的人生抉择……她更多强调女性的自我意识、自我觉醒，女性必须成为一个吹笛者，才能得到拯救。

转变的力量来自虹影心灵上生长起来的爱。小说虽是虚构，但它的情感、表现出来的生命情状都是真实的，活生生的。所以说，小说也可以视为作家的个人史、心灵史。虹影的小说人物，总在反复提出这样的问题并试图去解答：什么是爱？什么是生命？你是谁？我是谁？什么是现实？什么是幻象？

神秘的幻象也是虹影小说中无法忽略的写作元素。她以此呈现另一类生命景象、另一种声音的存在。她看见不同的能量。《月光武士》中总在江边赤裸出没、不断被性诱怀孕的黑姑，她面貌丑陋、疯癫狂野，却也叛逆强悍、肆无忌惮。这个角色，在《饥饿的女儿》中曾以花痴的面目出现。无论是黑姑还是花痴，这个形象都给作品带来怪异的气氛，有一种冲击力。我设想，这个疯疯癫癫的女人是虹影的童年记忆之一，她的叛逆强悍是虹影在屈辱无助的年代内心渴望拥有的力量。如今她既是窦小明的性启蒙角色（有点类似《红楼梦》里贾宝玉梦遇秦可卿），也充当了秦佳惠形象的反衬，以一种非常态的出场，释放出被压抑的最原始的生命能量，挑衅强权的男性世界。这是虹影一以贯之的女性主义立场。

而出现在《月光武士》中的另一个神秘人物是黑衣黑帽的宾爷。来无影去无踪,神出鬼没,似在非在,似人非人,却牵着会算命的神鹅,"会算命,代写信"。他出没于窦小明走投无路之时,犹如路标或先知。宾爷与其说是一个人物,不如说是一个作者设置的隐喻性符号。宾爷让人想起写于1996年的《饥饿的女儿》中那个在"我"走过的路上若隐若现、一闪而过的神秘男子。究竟意味着什么?这是一个困扰"我"的问题,也意味着前方有未知的各种可能,让"我"好奇,也让读者好奇。他仿佛是灵魂的秘密,而"我"的身世之谜已揭开,这个秘密却没有答案。20多年后,《月光武士》里的宾爷与之呼应,宾爷特立独行,走过混乱嘈杂的俗世,走过方向不明的暗夜,他是魂,是秘响,是叫醒的力量,他照见尚不为人知的精神内面。

这就是虹影的无界书写,也是她创作的N面。也借用《诗经》的诗句"女子善怀,亦各有行",典出《诗经·鄘风》"载驰"篇。这里的"女子"是诗中咏叹的远嫁许国的卫国女子许穆夫人。所谓"女子善怀,亦各有行",指的是许穆夫人要回卫国吊唁卫侯失国,却遭许穆公等人阻拦,夫人被迫折回,路上抒发自己的不满情绪。身为女子,虽多愁善感,但亦有她的做人准则……这大概是中国最早的女权思想表达了,许穆夫人道出了多少善怀女子的共同心声。虹影的叙事风格,已经发生很大的变化,在《月光武士》中,我读到平静淡定与开阔,她的写作进入一种新的境界。而且她的跨界写作已经很自如,不仅是历史与虚构融为一体,私人话语与公共表达也熔为一炉。诗意和散文化,也作为动人的抒情碎片镶嵌其中。而最根本的内核,悲伤之中对生命微光与暖意的珍惜,绝望中的信心与心怀希望,越来越彰显。

归去来兮,永远的长江水。从18岁知道"私生女"身世出走山城,到走遍世界之后,认定自己的灵感源泉依然在长江两岸。重庆,成为虹影写作的原点,流动的长江上游至中下游(武汉、上海),成为她最根本的文学地理。每个人心中,都有回不去的欢愉或伤痛的过去,生命一直在流动中变化。说吧,记忆。重新发现,重新看待,重新获得新的视角与领悟,这是精神与心灵的转世重生。这个过程充满内在的艰难,却意味着脱胎换骨,意味着无限想象的各种可能。

2021年5月26日

修订说明

这本小说改得最少,想得最多,仿佛一提笔,所有文字就在那儿。

都知道这本书以前叫《K》,国内最早版本是花山文艺社出版的,也都知道被长春法院禁掉,也就有了法院同意出的春风文艺社的《英国情人》版本。

当然各种盗版最多,在我出的书里位于第一名。

这次修订,主要是荷兰卡桑德拉电影公司拍电影,我在意大利度假,有时间再读了一遍。

在东西方数十载,有耻辱有羞愧,胜过那荣誉,像琥珀里的蠕虫,谁能知晓生命存在的秘密?

唯有时间,也会有这一天,这本书会以《K》之名,重新在国内出版。

开篇之前

天黑下来，仿佛已经过去了一百年，一千年。我心中的人，多少年来，你一次一次占有我的梦。你对我一遍一遍说这整个故事，这个故事永远没有结束，虽然你早被德国炸弹撕碎，而我消失在战争的烟雾之中。你像在提醒我：前世为一个情字，受了诸般苦，后世照样不可能逃脱：忘记是没有用的，因为梦不由我们做主。

是的，我一点一滴都未曾忘怀，你眼睛的奇异亮光，一寸一寸照亮我绝望的漆黑。你站在那高而险的山崖上，像在等待什么，终于，天边出现了一道奇异的彩虹，你发现那就是我。是的，我想起来了，就是在那个神奇的时刻，你我识得了你我。

当年你来到神州古国，我们结伴而行，路过一个寺庙。当我们一同礼赞时，我感觉到，我一向狂嚣不安的心，淹没在一片湖水般的宁静里。我向天发誓，永不忘记这一刻的灵光。直到今天，几辈子之后，我记忆犹新。你呢，你是否还记得，哪怕你在某个人心里？

一切都怪我的心，因为我的心是空的，那么容易与你相融，好像水倒进水里。你正面双臂环抱着我，我全身覆盖着你，莲花环绕着我们。你是方法，我就是智慧；我是死亡，你就是刀刃。我们那天就明白，只有我们两者合一，才能给生命一个意义。于是我们在某一天，成为一本书的纸和字，无法剥离。好了，现在你可以跟随我的声音，跟着我的脚步，和我一起回到书页里，闭上眼睛，进入那美如天堂的情欲之境。

人们——熟知的人，陌生的人，愤怒不倦的人，拒绝听这故事的人——你们都得先抛开那曾经存在的一切记忆，比如年代，比如名字，比如地点：唯有我们共同拥有的这片心中的宁静，唯有裹卷我们的时间长流，才是真实的。

几人有过这样的幸福？那年，我们竟然弄丢了年龄。

a 遗书

一九三七年七月六日,西班牙共和军发动布鲁奈特战役,以解救共和国首都马德里被围之险。好几个旅的国际纵队投入战斗,伤亡惨重。叛军有德国一百架飞机助战。救护车在公路上,目标暴露,虽然顶篷漆着巨大的红十字,一样被德国飞机追袭。中旬战事更紧,从前线撤下伤员越来越困难。

他已经几次躲过飞机追袭。

七月十八日清早,他又开了一辆刚修复的卡车改装的救护车上前方。返回的路上,他听到讨厌的德国飞机又在狼嗥般扑来。笔直的土路太窄,无法曲折前行,两边田野太暴露,已来不及撤下伤员。他只能大踩油门,拼命加速,仔细辨听飞机的狂吼声,在俯冲到底最后的一刹那,他突然狠踩刹车,自己一埋头俯身在座位上。随着刹车的尖叫,两颗炸弹落在汽车正前方,爆炸气浪几乎把车掀翻,弹片打烂了引擎。水箱破了,蒸汽带着嘘叫乱喷。

飞机呼啦一声又拔高了。他爬出车座，抖落一身碎玻璃，骂了一句他所知道的最脏的话，瞧着飞机远扬。后面车厢的护士，虽然他警告过，还是撞得不轻，伤员更是狂声叫疼。此时，马德里正在召开世界作家反法西斯大会，纪念西班牙内战一周年，会议邀请他作为一个"前线的诗人"去演讲。他却觉得不必去参加文人激昂的空谈，前线也的确缺乏救护车司机。毕竟，在炸弹的呼啸中，行动，是最有力的诗句。

卡车没法开了，他只能等着后面一辆车接过伤员。回到医院，他立即换了一辆卡车开出去。

这次他的运气到了尽头：一颗炸弹就在卡车边上爆炸，半边车厢与驾驶室都被炸烂。后面的车赶了上来，把冒烟燃烧的车上活的人与死者抢抬出来。

他被抬到爱斯柯利亚英国志愿医疗队，身上脸上盖满尘土血污。医生发现弹片深嵌入他的胸腔。已经不能动手术：手术只会加速死亡。满地伤员，医生只能先救有希望救活的。有个护士专门照顾医生不管的伤员，看到他躺在担架上没人理会，就用棉布沾水擦净他的脸，想让他临死时稍微舒服一些。可能因为开车时戴着头盔，她发现他脸上连一道擦伤也没有，脸色惨白如大理石，像是疲倦之极睡着了。

护士正要离开，看见他嘴唇启动，好像有话要说，就停下。他的眼睛努力睁开，但未能办到。护士俯下身，医院喧闹，但他的声音还是听得清楚："答应我……告诉她……"

护士温柔地问："谁，"她瞥了一下他标签上的名字，"谁，裘利安？"

"她……告诉她,我梦想参加革命,想有个漂亮情人。她都给了我,我现在才明白,我死而无憾……但是她得知道,否则都是徒劳,徒劳……如果她在这儿,如果我能见到她……"

护士记得自己已多次试着扮演快死的人的爱人,她说:"我就在这儿,裘利安,告诉我。"裘利安的眼睛睁开,看了看她,轻轻地摇了摇头,闭上眼睛。

护士吃惊地抬起身来,端详说话的这个人:他胸口绷带已经通红,还在快速渗血,红殷殷地滴到担架旁的地上。他很痛苦,说这些话时异常不安。如此自我得意的遗言,又充满忧虑,很少从重伤垂死者嘴里听到,但不是没有可能的。战争正在进行,什么都可能。

他又说了一些话,这个以前是教师的护士觉得是拉丁语,但是太含混模糊,怎么听也听不清,他的声音渐渐低了下去:他又陷入昏迷,而且从此没有再醒过来。

夜里,他与当日的其他死者一起被埋在福恩卡拉尔墓地。

全身血迹斑斑的主治医生,褪掉手套,洗了脸,坐下签死亡证明。这是每天例行的最后一道公事,他很机械地签着,眼睛差不多要闭上了。签完最后一张,他顺手把一大摞死亡证明磕整齐,才突然醒过神来,意识到签过的纸片中,有一张,名字有点熟悉。他找到那一页,不错,就是这名字——裘利安·贝尔。通知书寄给最近亲属,母亲范奈莎·贝尔,地址是伦敦,布鲁姆斯伯里,戈登广场四十六号。

医生搁下报告书,揉揉布满红丝的眼睛,叫护士长。

护士长取来这个名叫裘利安·贝尔的司机的遗物,不过是一个军用挂包。医生将里面的东西通通倒在桌上,盥洗用具,一本手订的薄书,手书中分行的字,像诗,却是一种他不懂的文字,东方文字。几页折叠齐整的纸,夹在诗集里面,没有装信封,字迹却很工整。

此信,请交给我母亲,在我死于疾病或事故时,或是听到消息或传闻说我参加革命运动时。

开场很普通,明显是遗书。不错,医生想,这小子还记得写遗书。有遗书就省了大家许多事。遗书相当长,他没有时间看。他的眼睛扫了信顶端的写信时间和地点:一九三五年九月二十六日,伏见丸驶进上海港时。

两年前?中国?什么遗书!

他的视线落在一条黄手帕上,摸着有股舒服的厚实感。暗花是竹叶,亮闪闪,翻一面,黄色淡了些,双面丝缎,很东方情调。边角有个K字,像是手工绣的,深黄丝线。他叹了口气,每个死者的遗物都挂着一串儿故事,埋入土里后,每个死者的故事都将是同一种苦味。

他把摊开的东西收回挂包,把死亡报告书再撂了一下,放在桌上。医院秘书明天会来分别处理寄发。

他觉得从未有过的累,喉咙和舌头都像炙伤的皮肤一般难受。他站起来,往后一仰就可以倒在床上。这时,他想了起来,他遇见过这个死者。

是好几年前,他跟一个朋友去参加一个聚会,辩论如何制止法西斯全球扩张。他记得看到著名的女中豪杰,"布鲁姆斯伯里两姐妹":画家范奈莎·贝尔,作家弗吉尼亚·伍尔夫。她们俩中间坐着一个青年,亚麻色头发,健康、高大、英俊,就是笑声太响一点,明显在嘲弄台上说话的工党理论家拉斯基教授。他大约是说了一句什么特别逗趣的俏皮话,两个女人都大笑起来,搂住他的肩膀,似乎他是她们共同的儿子。

"裘利安·贝尔,"朋友在他耳边说,"剑桥国王学院的高才生,据说是布鲁姆斯伯里'第二代'诗人。"演讲又被打断,会场闹哄哄的。那位朋友悻悻地说,"自以为是的艺术家!"

他倒觉得那个青年像个长得太快的孩子,依然被宠着,心里挺羡慕的。

b 那个地方叫青岛

轮船靠在青岛的小港码头,抛下铁锚。裘利安提着行李箱跟着旅客下船来,跳板刚站定,裘利安还未反应过来,一辆人力车就到裘利安跟前,说了一大串奇怪的中文,夹杂几个大概算英文的词,他只听懂两个词:Please,Sir。这车夫年轻的脸,很诚恳,给他一个好印象。以前在关于远东的纪录电影中看到过有这么一种人拉的出租车,不免有点好奇。

于是他跨上车。但他这么大的个子,一落座,车子就嘎吱一阵乱晃,显然不是为他设计的车。

这中国苦力短衫短裤,穿得还算干净,但是背脊佝偻,拉车的样子,他看不下去。或许每个中国人力车夫都是肺病相。他想跳下车,让这病人拉着他,有些过分。这情景肯定很像"帝国主义在东方"的漫画。可是,一旁的车夫正朝这年轻人吼叫,他的车夫想必因为拉到生意,正在得意地回嘴。一看这局面,他只得留在车上,不能让他的车夫失望。

这是个傍山依海的半岛城市,海水伸入丘陵,留下一个手掌之形,可进可退,非常自如。据说这山城近一百万人,两三千年历史,但裘利安以前却从不知道这个叫Tsingtao的城市。漫长的海岸线曲曲折折,岬湾相间,附近小岛或成串或散落于海水之中。整个老城区,人口稠密。人力车在栈桥上行驶,涛声夹有轮船的汽笛,一边是不同开头的海岸线,一边是欧式小房子,开着各种各样的花,山间茂密的树间偶尔会显出一个个颜色鲜艳的瓦屋顶,有点雾气,却感觉空气里的海腥味好闻。山峦起伏,中国寺院和西式教堂相衬,那金色尖顶端的十字架,在烟岚中变幻。

他发现商店都开着门,因为店铺大部分没有窗子,柜台向街敞开,店堂里挂着干肉条、干猪腿。好多店有装饰得金碧辉煌的神像,披红戴金的神仙,肥胖肚大的男菩萨大笑,长圆脸的女菩萨发髻高耸。街上市民有穿中式长衫的,有穿西装的,有半截中半截西的,各式各样。一身破烂要饭的人,也不时可见,不过好像没有伦敦东区那么多。

陌生新奇的街道,使他忘了被人拉的不安。人力车费力地上了一个小山坡,便跑得挺快,赶上前面一个喜庆的队列。鼓敲得有板有眼。西式乐队,像模像样,奏出的曲子,他却从未听到过。最后出现顶八人抬大红缎轿子,配有五彩灯,色珠穿成凤朝凰图案居于轿顶。奇怪的是,轿子三面嵌有大镜子,镜里人头拥攒,照得轿子热闹非凡。

人力车夫也许是自己图看稀罕,也许炫耀他的这个洋人顾客,尽钻空处，不一阵就靠近了花轿。这时裘利安看到了摇摇晃晃的镜子，自己明显与周围人不一样，个子大，头发姜黄，鼻子大，眼眶凹。看热闹的人不知在喊什么，肯定是嘲弄他的话，笑成一片。

从香港，到上海，再到青岛，西方人并不罕见，人们也不稀奇。他明白，人们稀奇的是他在花轿上闪闪忽忽的脸。"你这怪物！"他对镜子做了个鬼脸。生机勃勃的街道使他很高兴。

这时，车夫高声叫喊："小嫚好盘目，小嫚好盘目。"一街人也点头跟着喊。裘利安听不懂，但他明白那手势，半举在空中的手，竖起大拇指——无非是说女人漂亮，新娘就得让人评论。车夫干脆慢下步子。原来新娘也按捺不住，偷偷揭起红盖头，掀开一边帘子，从轿子里露出一角脸，看他这个洋人的热闹。

车夫手指帘缝中新娘的脸蛋，说"小嫚，好盘目"。满街都笑着应和"小嫚，好盘目"。他和新娘对了一下眼睛，不明白这小女孩子漂亮何在？胭脂红得有趣，一头都插满珠花宝玉，粉亮亮的人儿，帘子掀得更开了，想必是个娇惯的女儿，竟敢在婚轿上露脸。他觉得像吉尔贝与苏利文的轻歌剧《天皇》里的姑娘，从伦敦的舞台跑到青岛的街上。

小嫚好盘目，他跟着说，相貌好，女人漂亮。快接近目的地，他才意识到来这个遥远的东方国家，或许还可以另有一个结果：艳遇，异国情调，瓷娃儿似的。当然，他来中国目的不是为女人，不过，为什么不呢？并行不悖。

自离开骚桑普顿，漫长的航程，他一直在写，写一篇长文《论无产阶级与诗，一封给C.台·路易斯的公开信》，他一点也未觉得离开了西方世界。文章写完,船过了印度洋,他才觉得应当学点中文。找到一个中国旅伴,每天教他一个小时中文。他想象中文字的图案,记住两百来个字和几个最简单的句子,应付一下而已。

乐队大鼓有节奏地敲十下,然后连敲三下,渐渐地那节奏落在了身后。人力车终于脱离了人群,不过拐过一个十字路口,就是八关山山角。他让人力车夫停下,多赏了几文钱给车夫。

他提着行李走上石阶,路上落满鲜花瓣,菊花最多,他喜欢这气味。他补读过一些中国习俗之类的书,如果没错,这几天该是一个登高采花喝酒怀念亲友的节日。十月初的天气,竟然丝毫感觉不到暑热,气温适人,算是上帝开恩,天高气爽,一接近国立青岛大学校园,石墙庭院渐少,不过植满花草,绿荫也越多。

裘利安几乎不敢相信,他的住所竟是一幢独立两层德式小楼,前有庭院,后有花园。国立青岛大学每位教授都配有这么一幢花园房子。整个大学圈用了大半个树荫葱绿的小鱼山坡,绿瓦银墙,高低错落,面朝波光斑斓的海湾。

他到达时已近黄昏。门卫给办公室打了电话,不一会儿英文系主任郑教授就急急忙忙奔来。他在上海上船时从旅馆打了个电话给郑教授。郑教授说要来码头接他。他坚持不要。郑教授像中国大部分知识分子,长相斯文,个子却高大,穿着长衫布鞋。英语说得很好,明显是学的"皇家英语"。校方代为雇佣的两个仆人,原来已经在校门口等了他很久。他们扛着裘利安的行李。郑教授说有事先走,晚上英文系的同事设宴为裘利安接风。

裘利安的房子家具齐全，收拾得干净，有地毯、壁炉、沙发，中国人喜欢盆花，都放置得不用再摆布。全白的墙和天花板，太白了一些。他一向对居住不挑剔，但颜色不顺眼，却会使他皱眉。他的画家母亲和她的男友邓肯·格兰特永远在不知疲倦地装饰，涂弄墙壁，这是家族毛病。而这套白房子，建在山坡上，望得见山坡下一片青蓝莹莹的海水。从窗口俯视广袤的黄海在夕阳下变换色彩，几乎是地中海式景致，他再挑剔就过分了。

热水准备好，他到卫生间洗澡，真是不可思议。想起他在南京教育部副部长杭立武那里取到聘书，上面写着一年九百镑年薪时，他简直控制不住自己的兴奋。作为一个自由撰稿人，他从未赚过这么多的钱。父母一辈，生活方式也从不是贵族式的。弗吉尼亚阿姨每次买点东西，都要痛苦地犹豫半天，家里汽车也是有的，却是二手货。父亲克莱夫祖上经营矿业，但他的钱很少花在家里。他们一帮人中，只有凯恩斯积累了不少财产——不过这个半社会主义者的钱只用来买画，资助俄国妻子的芭蕾舞团。

他从小没把钱当回事，但也从来手头没有大笔钱，现在年收入折合成九百英镑，而且不交税，每周只教九至十二小时的英国文学课，着实吓了他一大跳。房租三十美元，两个仆人付得实在太高，就由于他们会讲点英文，二十五美元，而一般工人一年收入才十二美元。食品一个月不会超过三十美元。这么一算下来，他感到自己手头从没有这么阔绰过。

这不对，这不公平。到中国教几节课，竟然比英国教授还挣得多！

他不无恶意地想，当局肯定知道他来中国的意图，才以如此优厚的待遇，驯化他成为一个布尔乔亚。我在中国会成为一个面团团的资产者，这想法使他兴奋起来：肯定能让母亲的朋友们大吃一惊。

他用毛巾裹住身体，用刀片对着镜子刮脸。头发一长就微微有点卷曲，他怀疑此地的理发师能否对付这种怪头发。他是另一个哥伦布，找到了金银铺成的东方，豪华美丽的古国神州。

仆人上楼的脚步，敲门声。裘利安不快地问什么事。

仆人说，先生，七点整有出租车在山下等，他来提醒一声。

裘利安走出卧室，两个仆人一般高矮，毕恭毕敬地等着他。今后就要跟这两个家伙住一屋！管家的人四十来岁，一颗痣生唇边，嗓门粗走路慢，英语怪声怪调的，难懂极了。他的中国名字太难记，叫他巫师吧；年轻的嗓门细些，眼睛灵巧，田鼠，肯定是个田鼠。

巫师说他已按郑教授旨意在车行订了车。他让贝尔教授放心，到时他会叫他。先通知他，是让他有个准备。

"准备？"裘利安不解地重复。

"先生，就是穿戴呀。"巫师说。

裘利安挥挥手，让两个家伙走开。他们给他想得未免太周到了，他想。他澡洗得舒服，躺在床上，就呼呼睡着，什么事都给忘到一边去了。

奇峰香大酒楼几乎有着伦敦多恰斯特饭店的豪华。青岛曾是德国殖民地，后被日本长年侵占，外国人有几千人，大多经商，光是英国就有近百家公司。这地方有中西合璧的夜生活，人一到晚上兴致勃勃，男男女女都打扮得很像一回事。

裘利安被领到一个长扇状的屏风隔开的单间，那儿已有衣装笔挺的七八个人，系主任郑教授先站起来，给他介绍早就在等着的人。个个都是人物，英文都说得不错，措辞得体文雅，哪怕留学芝加哥回来的，也没有美国腔。

同校一女教授，有些年纪，长得像因纽特人，还有一个女客，某教授的夫人，毫无特点可言。能吸引他注意的女人，只有系主任的妻子，被介绍说是诗人，文学刊物《青岛杂志》的编辑。与大多数在座者一样，她戴着一副眼镜，文静娴雅的女知识分子，一见他就比其他人显得高兴，使他觉得自己是贵宾：会当夫人的角色。不过她的英文好像是在中国学的。她好像知道他在想什么，微笑着说："我叫闵，我说的是北平土包子英语。"

他被逗笑了，她的异国口音听起来很舒服，有点模糊，但就是不清楚，听了舒服，尤其是她的表情活灵灵的，头发整齐地绾了个髻，额前一排刘海。

裘利安从在剑桥读书的那些日子起，就号称是女性美的专家，对一个女人的长相等级，他有极为自信的判断力。他没法不注意，她不微笑时，只是说得过去，及格而已，但她若微笑起来呢？微笑使她的嘴唇有点朝一边，是降分还是升分？他有点糊涂了。

他定定神，目光从系主任夫人身上移开，仔细地和同事们谈话。在座的这些中国教授,对英国,对英国知识界动向,某些新书、新观点,甚至比他还了解清楚。父母的好友斯特拉奇的名著《维多利亚女王传》正在由一个姓卞的年轻诗人翻译,使他很惊奇,也很高兴。而且他这才发现布鲁姆斯伯里竟然有那么多中国弟子,而且他们回到中国后,也组成一个类似鲁姆斯伯里的知识分子圈子,名字却有点罗曼蒂克,叫"新月社",有诗人、作家,也有政治评论家、建筑家,甚至军人,画家却只有半个:姓闻的,在美国学的是美术,现在只写诗。不像布鲁姆斯勃里偏重美术与美学。

满满一桌佳肴,每菜有雕花,摆法讲究,色泽配得大胆新奇。书上说中国人爱给客人夹菜劝酒,表示礼貌,你还不能拒绝。这里的人是西式教育,你喜欢什么,由你自己取,身旁的人只是介绍一下好菜怎么做的。这也使他感觉轻松,很愉快。

郑教授让他看墙上的一幅画。说这是本地历史传说,一人抚琴,一人听之。那是位于西湾的古琴台,在崂山西侧,月海湾畔,听者对抚琴者说,你志在高山,又形如流水。满天下相识,唯有这人知他。之后,听者病死,抚琴者摔琴断弦,终身不复抚琴。

摔琴谢知音:他在什么书中读到过这故事。这国家的人以理解为贵,以知音为最高情义。裘利安第一次觉得可能在这里交上朋友。但他们不能与布鲁姆斯伯里比,除了比英国的自由主义知识分子和气。布鲁姆斯伯里的人,一会面就唇枪舌剑地辩论,或共同推进一个理论。母亲和阿姨很无情地考察客人。愚蠢的人,还有腻味的人,不会请第二次。这使他恢复了居高临下观察的优势心理。

"这是大师手笔吗？"裘利安问。

"当然不是。"闵插进裘利安和丈夫的谈话。说这幅人物画，也算上乘之作，但在酒楼里，哪怕是奇峰香这样的名店，不会有杰作。她解释，中国画，真正好笔墨，必须讲究画尽意在，画题及落款更要讲究。

裘利安对闵的好感添了几分，她的英文似乎一讲起画来流畅多了，很轻柔和缓。她说元代有位画家，只有几点云在远山，近处稀稀疏疏三四棵树，整幅画大半是空白——此人画品清绝人寰。

中国画讲究空白？不过这个说法有意思，似乎很玄妙，裘利安一下子抓不住，西方没有类似的艺术理论，也没有这样大幅留空的画。他希望以后有机会多向闵请教。闵只是以微笑做回答。

他们乘两辆出租车回到校园已是深夜。

裘利安摸不着灯钮，趁着洒进房来的月光，倒在沙发上。他有些醉了。席间谈起布鲁姆斯伯里的一批人来，他们竟然了如指掌，且有过深浅不同的直接交往。郑系主任还拜访过姨夫列奥纳德·伍尔夫，请教合作化运动在中国的可能性。裘利安想起来，听阿姨说过一批中国学生非常热衷政治，却不知信奉哪一派为好。

弗吉尼亚·伍尔夫的名字提得最多，勾起他的思念，不是乡愁，就是思念。头一个他思念母亲范奈莎，第二个是罗杰·弗莱，他一年前的突然去世，是他远离英国的原因之一。罗杰·弗莱这辈子没有能来中国真是太遗憾，他会非常惊喜，他对中国艺术之赞美，常使裘利安觉得这个对他如父亲的美学家大惊小怪，夸张过分。不过现在看来，罗杰可能是对的,他说过好多关于中国的神秘的事,他对中国人评价那么高,可能不是他的怪癖。是的,真想念他。第三个就是思念布鲁姆斯伯里,那一批笑话不断的文化精英。如果他活得比这些人都长,他就会编一本《布鲁姆斯伯里丑闻集》。

有人提起新月社的中心人物徐诗人,一九三一年飞机失事去世,原先留学伦敦政治经济学院的,然后去剑桥国王学院,比裘利安稍早一点,不然他或许遇见过这个中国才子,据说是罗杰的得意门生?胡说,罗杰的学生?他不喜欢徐诗人,虽然徐已是故人,和他永不会见面。但和今晚的系主任夫人闵,似乎交情极深,他感觉得出来。

"小嫚好盘目。"裘利安嘴里突然冒出从街上拾来的当地土话。是窗外孤傲的明月,还是女人?他酒醉正到妙处,就坐起来,拿出纸和笔写诗。夜很静,听得见海水有节奏地拍打,满山松树涛声吟唱,他知道自己喜欢女人,但并不依恋任何女人,除了范奈莎,他的母亲。

C 烛光晚宴

没有必要再从英国寄书来，考虑到这个大学只有四年历史，主楼像斯坦福大学，图书馆中英文学藏书还不少，至少他教的课程书够了。图书馆依山而建，德式建筑，异国风味，两翼分别为文、理两科。这儿以前是德国俾斯麦兵营，所以，整个校园仍以德国建筑为主。

上第一课时，闵就来他家里带他去，说郑主任让她来帮忙，外国老师不太知道如何教中国学生，四十来个异国学生的确是一种挑战。

"我自己也想听听英国近世文学。"她说。

她认真的态度，使他很高兴，他开始概述英语文坛，上课前的忐忑不安，几分钟之后就消失了。仿佛整个教室就坐着她一个人，他对着一双黑亮的眼睛讲英国文学作品。而这眼睛会沉思，会微笑，会欣赏地眨动。他记起在剑桥与女同学争论，会把教师扔在一旁，而这次他是把学生们扔在一旁。

学生好像素质不错，至少对他极恭敬，有点过于恭敬。不过他第一次教书，不希望遇到像他自己那样好辩的学生。他曾在剑桥代表国王学院在辩论会上滔滔雄辩，那是表现给老师看；现在是他当教师，是他表现给学生看。

可是如果学生一直那么有礼，他就不知道学生要什么。一教哈代，他就自如了，因为他看出学生很着迷，虽然他们不笑不闹。他本来对哈代这老家伙有点服气，特立独行的人总能引起他的注意，即使在课堂上，讲解他小说中枯燥的段落。

闵的好学带动了整个班级，系主任夫人压阵，学生们都按他的要求预习。他每周让总务室打蜡纸油印一些作品，总务室连夜赶工，非常及时。按他的说法，普鲁斯特的小说将永垂不朽，那个爱尔兰人乔伊斯的《尤利西斯》只是玩弄小聪明，够不上大师水平。

下课时，几个学生围上来，有礼貌地问他一两个问题。

闵夹着书，耐心地等着，然后陪裘利安走出教室。他发现她的面貌体形，与其他二十岁上下的学生没有什么不同，戴着眼镜，青色短衫长裙，没有任何化妆。她年龄该比她们大一倍。在西方，当母亲的就像母亲，母亲决不会与女儿差不多。

闵说："你很会讲课，讲作者生平中的趣事，你似乎特别高兴。"

"每个作者都是活人，"裘利安说，"每首短诗每篇都是小小的自传。"

闵转过身来，面对着他："这话说得太好了！很有见解！"

裘利安笑了："我是引别人的话，不过你什么时候给我看你的诗和小说？"

"为什么？你想看我的'自传'，还是想我看你的'自传'？"她的口气里有挑衅。

闵反应很快，他感到与她说话极提精神。她笑了，继续说，"今后你的其他课，我都来，行吗？英语作文。我想用英文写作，你就能看到我的诗了。"

裘利安一下语塞了。每次能见到闵？每节课闵都到？而且交作业？

"只是你讲课眼睛不要总看着我一个人。"还没等他回答，她又加了一句。但突然转身，明显脸红了，她登上一级石阶，说了声拜拜，却没有回头看他。

裘利安很惊奇。他这个剑桥学生中有名的登徒子，面对猎物，从不犹豫发出第一箭，这个中国女人怎么抢了个主动？

他在一个盖满落叶的草地，仰天躺下来。太阳正开始旋出薄云之后。他闭上眼睛，金花缭乱中，全是闵的笑容。

"我中魔了！"他心想，"中国魔女！幸好她不是很漂亮。"

海湾极大，月牙形环绕着小鱼山。校园里有靠小舟的木堤和游泳区。沿海湾的道路，岸畔垂柳柏桦相间，读书的学生，三三两两，男的一律长衫，女的旗袍，齐耳短发。拿着讲课夹的裘利安，头一个感觉就是得去弄一套长衫来穿，洋人一个，一身长衫，多有意思。寄张照片给母亲，她准会觉得很艺术。

可能远处下过雨，天上残留着淡淡的虹，到处是花，银莲似的长杆花，从白到堇色。树叶边角已现黄色，有一种矮枫树，每片薄叶子上，橘红斑点都不一样。满山满海湾秋色缤纷。

瞧，我还是幸运的！他感叹道。真是一个奇异的世界。不像英格兰，几乎全是葱绿的平原，缓缓起伏的山坡。不过，这个大学，在世界边缘，是不是太清静了点？尤其是夜里，雁飞满月。他喜欢夜里独行，有一次差点跌入一个不知为什么打开的坟里。这时，五里路远的庙宇钟声传来，每次中间有十几秒的停顿。山林里似有猫或狼的尖叫。

这么美而情趣盎然的校园，不像中国，一个应该是革命温床的国家！应该弄点乱子来，他为这想法欢呼。太清静，要不了多久就会败坏他所有美好的感觉，太清静，可能就会令他无法忍受一人独处。

必须弄点乱子来，世界才真实。

从小他就学会了这样对待生活。在查尔斯顿，父母和邓肯·格兰特合住的房子，周末总有一大群客人来。那是他大显身手的时候：他会爬到屋顶上，两腿挂下坐在檐边。母亲知道他的脾性，不让任何一个客人大惊小怪或眼光朝他看。那么，一阵子后他就会自己爬下来。

似乎与他的想法相同的人还有一些。开学没多久，有一天裘利安走进教室，黑板上有一个用粉笔画着的镰刀斧头。

学生们都瞪眼瞧着，不言语。看来这个班级里就有共产党。闵刚想走上来帮他，他用眼神告诉她别动。他没有特地去擦掉，只是边讲边写，很快把黑板盖满了英国文学的大师名作，从贝尔伍夫，到弗吉尼亚·伍尔夫。造反符号被顺手擦掉了。

如此说来，这班上的小共产党把他当作帝国主义者反动派，想给他点下马威。他的镇静自如，可能给全班，尤其是闵，印象很深。

政府军队据称不断胜利，消息重复过多次，赤军已经肃清。不过，他还没幼稚到想在国立青岛大学跟这些学生娃儿闹革命。这个校园太美，被革命毁了可惜。在这里，加点浪漫趣事就够了，待有猎取对象的时候。

他总穿着衬衣。从小生活在艺术家之中，以随便，甚至以邋遢为潇洒。现在他得稍微整齐一些。

他准备开始学中文，一天花一两个小时。得把书桌换成古香古色的红木，得自己去城中心区家具店挑，不能让仆人做，他们做不会如他的意。得买把猎枪。还得有个划船时间，划到大海深处去，看能划多远。在剑桥他就是划船能手，能不能在这儿轻易划个全校第一？

对一个二十七岁的钱太多的大学教授，计划太多。

他走到海湾边。碰见几个学生在游泳，正是海水平静丰盈之时，水一浪一浪拍着堤岸。有个教授在让学生教他十岁的女儿。裘利安看着他们耐心劝那小姐，而小姐就是不肯下水。他走到小女孩身后，小女孩恐惧地看他的蓝眼珠。趁她不注意，裘利安把她往海里一推。女孩掉进海水里，扑腾着四肢，周围的人都吓得呆住了。

裘利安跳进水里，用一只手托住女孩的肚子。女孩开始像模像样地游了。这帮人才转愠怒的脸为喜色，谢谢他。他把小女孩交给学生们，自己穿着衣服就游向海湾深处。

弗吉尼亚阿姨的《到灯塔去》，他选了几段送去油印做教材，这才发现他并不是一个合格的文学理论家，学生也弄不懂。为什么句子那么怪？有个批评家最近发明一个词"内心独白"。他引用了一下，越讲越糊涂,连他自己也迷糊了。

闵提了个问题:《到灯塔去》中的人物,你认识吗?

他那时十八岁,刚高中毕业。但是《到灯塔去》里的每个人他都认识,他知道写的是那些人中的各种怪癖,祖母和母亲——斯蒂芬家族,他们与爱与死亡的相遇,但小说也写了艺术战胜死亡、战胜岁月的流逝。讲课转向他的独特理解,散课时,学生兴高采烈。

他游回来,爬上岸,浑身湿淋淋一抬头,闵站在对面,看着他笑。想到刚上过的课,就遇上了她。

她的头发,还是梳了个髻,她比在教室里还显年轻。他对她说:"满校园女人都短发齐颈,为什么你的头发不一样?"

"这样显得老气一些。"她说。

这话使他很惊奇,他的眼光怎么与中国人不一样,连发式对年龄印象的效果也正相反。闵说,十八年前剪过短发,那是引导潮流,女性解放的象征。现在却宁肯传统发式,梳起来只是几分钟,利落,也算返璞归真。

"我觉得你在领导时髦新潮流,"他盯着她的眼睛,"只要与众不同,就会吸引人。"

"你们西方人,猎奇而已。"她笑笑,就走开了,忽然她又停下。说,忘了,她和丈夫晚上请他去家里吃饭,就他们三人,便饭。

他看着闵的身影在树林中消失。以前开车、骑自行车都飞快,由着性子来。眼下校园里有什么事能快快地做,并带有刺激呢?

这个秋天,裘利安被他自己抛在中国这个最东边的临海之城,有着百湾之称的青岛。他背后是海湾，面前的山坡上一条大路，在树林中分岔出许多小道，完全中国式的迷宫。他的表情并没有茫然，他的眼睛是镇定的。环绕着他的景物由浓变淡，只有他是明显的，西斜的阳光勾勒出他高高的身影，头发被阳光染得金黄。

穿着湿衣服回家，两个仆人都来问裘利安晚饭如何用。他没说话，不想马上回答这两个人。为什么要分派两个仆人？既然每个教授都是两个，至少两个，那也没什么好说的。巫师嘴甜又快；田鼠不爱吭声，可能活是他做得多，这两人住楼下一间。他们不是看不出这个洋鬼子不喜欢他们，他在家时他们尽量在厨房，或自己房间，或干脆出去买东西，不在他眼前晃。全世界仆人都一样，主人不想看见你时，就得躲开点。

你们吃自己的。裘利安说，他有饭局。

太阳已经沉到山峦后，但余光还在海面，艳丽地染了海水。到郑教授的房子，走大路要近一刻钟。而另一条下坡的小径，林荫覆盖，地面是多年积聚的落叶，滑溜溜的，很少有人走似的。这条陡路，慢慢走，只要十分钟路，这样一来，他们几乎可以说是邻居。

裘利安敲响门，没人应，他就绕着花园走。系主任的房子和他的几乎一样，但花园大得多，修剪整齐，没有篱笆，花园大小是房主自定的。园里正是花季，香味芬芳浓郁，他忍不住打了个喷嚏，一抬头，闵和郑正在他面前，微笑着。

裘利安没穿西装，只是换了件衬衣。衬衣领口还敞开两颗扣子，头发又长了些,卷曲着没有挂下来,只是显得蓬乱。

闵说,只有你一人从我家花园进来,像强盗。

裘利安举双手投降,请原谅我什么礼物也没带。

郑爽快地说,来我这儿就像到自己家一样,朋友们都这样。

他们的家里有许多古董古陶器,连椅子也是几百年的历史,玲珑的雕花雕兽,扶手已经摸得光滑。"也算传家宝吧,结婚时,母亲给的。"闵领着裘利安参观房子。卧室的屏风门帘灯罩都是日本式的。闵的书房很大,有一张大书桌,一个单人榻榻米在她的房间。看见裘利安注意,闵就说他俩都在日本待过好一阵,闵少女时代还在那儿读日本文学,比郑更喜欢日本。她是夜神仙,喜欢工作到天亮,中午补个小觉。工作晚了,怕影响郑休息,就在自己书房睡。

她和丈夫分开睡!裘利安心一动。

闵陪着裘利安下楼。裘利安觉得自己有点好笑,总不免往男女之事上想,他脸上又露出自嘲的微笑。闵完全没有化妆打扮,没有涂口红。的确如她所言,便饭。

闵说,看来得改休息和工作时间了,想辞去《青岛文学》杂志的编辑工作,现在事多。大约是指上他的课,他猜。

闵注意到他在沉思:"怎么啦?"

"你在做的事太多,我在做的事太少。"他说。

闵看看他。

裘利安想只有他明白自己在说什么。

房子非常整齐,是有个主妇的家庭。该有画的地方就有画,该空的地方就空，不像母亲家里混乱得有趣。但裘利安喜欢她家客厅一幅极大的挂毯，笙歌夜饮，古装男女，不会等到明早。他喜欢挂毯上面那种泛黄的调子，暗暗沁出欢乐的暖色。

壁炉上有个镜框，里面是一张剪报。裘利安走近一看，十多年前的中文报纸，上面有照片：闵、郑和另外十来个人，还有一个大胡子的印度人。"泰戈尔？"他问。

"是他，"郑说，"我们的媒人。"

原来这位首先在伦敦成名的印度诗人，在中国受到最大欢迎。《吉檀迦利》是中国人最着迷的，这个唯一得了诺贝尔文学奖的东方人，是新月社集体的崇拜对象，郑解释说。

东方人还是喜欢东方人。裘利安读过泰戈尔的诗，感到他缺少智性的张力。叶芝和庞德对他的推崇，有点奖掖的意味。闵看着柜子上的留声机唱片，沉吟一下，对裘利安说，你喜欢听音乐，晚上走时你拿去听。音乐能帮助你理解这个文化。

他的确只带足了书。闵专心挑唱片，说大都是她和丈夫在欧洲度蜜月时买回来的。柴可夫斯基，莫扎特，肖邦。裘利安看到唱片上的中国字，就问郑：中国音乐吗？能不能借这些？

郑说，女主人说拿就拿，不是借。

裘利安连连说，太好了太好了。

闵被他高兴的样子感染，对郑说汉语："裘利安怎么像小孩？"

"他不就是小孩的年龄！"郑说。

他们的中文说得较快，裘利安只抓住他自己的名字和"小孩"两字，忙问两人在说什么。他们却相视而笑，裘利安也笑起来。郑说，闵写诗喜欢清静，以前，也就是十多年前，在北平时，新月社人来人往，她都嫌不够热闹，还要放音乐，现在变了。

裘利安觉得郑和闵两人都没有把他当外人，他们和其他中国人不太一样，很真实。他也觉察到自己的真实，从到青岛时就有的一种莫名的虚幻感，这时竟没了。

闵找来徐的诗集给裘利安。徐，他记起了，新月社中心人物，中国文人总在谈此人的名字。诗集扉页有徐的照片，戴个眼镜，对一个男人来说，长相太清秀，典型的中国传统知识分子。他翻着诗集，排成竖行的中文，每一行诗长度都一样，很整齐。中文一个字就是一个音节，那不就是法文诗那种音节体吗？但是，郑坚持说中国现代诗与英语诗一样，有音步。他对闵说，你念念，你是京调儿。

闵说每个中国学生都能背徐的一些诗，尤其是《再别康桥》一诗，人人皆知。如果说有中国现代文学经典，这便是一例。

> 轻轻的我走了，
> 正如我轻轻的来；
> 我轻轻的招手，
> 作别西天的云彩。
>
> 那河畔的金柳，
> 是夕阳中的新娘；

波光里的艳影,

在我心头荡漾。

闵继续读下去,诗共七节,第七节呼应第一节。

悄悄的我走了,

正如我悄悄的来;

我挥一挥衣袖,

不带走一片云彩。

裘利安没打断闵,实在的她说中文时声音太好听,的确是有节奏的音乐。他说:"你能不能帮我翻译这首说我母校的诗?"

闵说有现成的好译文,而且她能背。最后一个韵词结束,裘利安再也按捺不住,想大笑出声。不笑,他觉得自己会憋死。什么三等雪莱的货色?他忍的时间太长,脸有点涨红,闵和郑似乎没有注意到,他马上装作是喝酒呛着了,冲到花园门口咳嗽。算是遮掩了过去。

闵和郑没有再读诗,他们在讲徐一九二三年在伦敦的事,讲得津津有味。

他们说连英国最伟大的汉学家亚瑟·韦利也向当时做留学生的徐请教。裘利安知道这人,在大英博物馆东方部工作,就住在戈登广场三十六号,他每天骑自行车去上班,路上常碰到。因为倾慕布鲁姆斯伯里圈子,而中国诗是当时英美文坛的时髦题目,所以后来也被邀请来参加聚会，但母亲他们认为他太没劲，就没怎么邀请他。但裘利安不想说韦利这老实人的坏话。

他们说徐在一个雨天的晚上，独自一人去邦德街寻找小说家曼殊菲尔的房子。头一次没让见，但他坚持，就见了二十分钟。曼殊菲尔穿着嫩黄薄绸上衣，枣红丝绒围裙，像一株郁金香。她和他坐在蓝色榻上，灯光幽静，轻洒在她美妙的身体上，他像受了催眠似的望着她。她问他译过中国诗没有，以为只有中国人才能真正译好中国诗。这是他们唯一的一次见面，一个月后，她得肺病死了。徐再到欧洲时专程去枫丹白露她的墓前献鲜花献诗，在墓上哭了一场，像一个忠诚的情郎。

徐说闵将成为中国的曼殊菲尔，尤其她俩的语言风格很接近。"他期望太高。"郑代他妻子谦虚了一句，就到花园的围廊上去关照什么事。

裘利安这下再也不愿意忍受中国文人的趣味和欣赏水平。"弗吉尼亚最讨厌她，"他慢慢地说，"认为她太俗气，廉价的滥情，她的文字还可以，使滥情更糟，好像鼻子里全是她的廉价香水味。"他本来不喜欢阿姨这样说已死的同行，但此时他就是想说。"徐喜欢她的诗和小说没有什么奇怪的。"

闵本来与裘利安同坐在一长沙发上，听他这话，站起身，面朝花园的围廊。郑在那里忙着什么。裘利安向来对别人的情绪不在乎，他不愿意作假来讨好她。她走了两步，又转身回来，满脸笑容。这女人忍耐的本领很强，大部分女人没有她掩饰情绪的能力。

她让他回头瞧靠窗的墙。一幅水彩画，牧野风景，不太优秀。

"那是我非常宝贵的东西。"闵说。徐四年前好像有预感自己会出事，活不了，将一些极个人化的东西，保留在她这儿，其中绝大部分是他从英国带回来的礼物。这幅罗杰·弗莱送给他的画，他说就送给她了，作为代为保存物件的纪念。

罗杰！裘利安走过去。

水彩画的确像罗杰，再看签名，没错。他不再吭声了。徐不是假冒罗杰的学生，的确与罗杰有不同于一般人的交往，在这点上，徐没有胡吹在英国社交上的成功。见画如见罗杰·弗莱，他心里不好受，画在人亡。裘利安小时总把罗杰当作自己的生父。他不明白罗杰为什么要对这个徐那般青睐，这个人在英国明显一直在访名人附庸英国风雅，他就是不喜欢这个徐。这恶感也太怪。

女仆在厨房大概忙得差不多了，这时走出来问："太太，是在围廊还是房内用餐？"

"问先生去。"闵回答。

郑从外面进来，说还是在房里吧，秋天了，夜有些凉，让餐桌朝窗，一样有风景。

山是朦胧的，树也是，最后一抹霞光映在海水上，而云朵聚集起来的地方，海水折射出的光却是银的。只有室内的花依旧，新鲜，夜在降临。

桌上是蟠龙菜，像普通的红苕。闵说她和郑喜欢这菜，神秘。四百年历史，吃肉不见肉，吃鱼不见鱼，鱼肉剁成茸，用鸡蛋皮包裹蒸。三人各坐一方，中间位置让给裘利安，面对落地窗，可直接看到风景。喝的是德国啤酒。桌上点着两根蜡烛。

女仆端来一个漂亮有环的细瓷缸，汤绿茵茵的。女仆给每人舀了一碗。汤里菜鲜生生的，但热乎乎，十分美味。"这是什么呀？"裘利安边吃边叫，太清香了，说他们的仆人菜做得比餐馆还强，也比他家那两个家伙强。他说要把他的仆人开掉，就为了他们从来没做出这么美味的汤。

郑满意地对闵看了一眼，说，她是美食家，南北名菜无一不知。闵说，这是豌豆芽汤，虽早过节气，但有人专种专卖。只用菜芽的半手指的嫩叶，装在缸里。整只鸭子熬的汤，去掉骨肉，烧沸后，直接浇下去，就成了。这道菜是专门欢迎裘利安的。对如此礼节，裘利安只能微微颔首表示感激。

这时，房子大门被敲响。

仆人来说是有人找先生。

郑走出去一阵，很快回到桌前，说是学生进驻校部，要求学校同意罢课，抗议政府在日本侵略者前节节退让。校长一个人压不住阵，要各系主任去劝说。郑随便吃了两口，说他失陪了，得走。

"肯定是日本挑衅的消息，"郑的样子很颓丧，"政府没办法，我们又有什么办法？"

闵不放心，让仆人跟着去，说有什么事赶紧回来报个信。

房子里一下清静了，就他们两人，一时不习惯，不知说什么好。一阵子两人都在吃菜，喝着酒。或许闵喝酒多了一点，她吞吞吐吐地说：

"裘利安,你怎么嘲笑我最好的朋友?"

她最好的朋友,裘利安马上意识到是指徐诗人,他以为她不在乎,看来她还是忍耐有限度。但她语气还是很客气,她那完美无缺的礼貌,已经使他恨透了,他想捣乱的冲动冒出来,先捣乱这个系主任夫人!

"徐诗人,他和你在床上如何?他功夫行不行?"

闵表情一下子僵住了。过了半响,看到裘利安假作谦卑的笑脸,她发脾气了:"你怎么这样说话?中国知识分子从不做这种事!"平白遭到侮辱,使她用英文说不清。她脸上开始冒汗,只得把眼镜取下来,用餐巾擦脸。

裘利安第一次看到她不戴眼镜。他从未料到闵这样美。红晕使她的脸显得非常细腻,而她一生气,嘴唇微微突出,好像有意在引诱一个吻。那嘴唇的颜色,几乎像用口红抹过。

在窘迫中,闵站起来,去取掉在地板上的餐巾。他突然又注意到闵的打扮,一身粉白色丝缎旗袍,领口不高,却镶绲边,空心扣。不像校园里女生直筒式旗袍,而是极其贴身,开衩到腿,把她全身的曲线都显了出来。髻上插了三朵青白宝石的发针。不可思议。

我真是一个瞎眼狼!

回想起来,他一开始就把她从这个陌生的国度人海中挑了出来,他喜欢有闵在场,这感觉是在呼应他心灵里想要的东西。是什么阻止了他?她的眼镜,该死的眼镜。她取掉眼镜等于上帝给了他一个机会,他抓住了这机会,一下清醒过来。难怪第一眼看见闵,就有一种安宁感,她的吸引力穿过她的外表,只是他自己不明白而已。

闵坐正,却拨了拨烛芯,使房间里稍微亮了些。但她坐在烛光后面,躲开了一些裘利安的注视。

烛光让裘利安找到了熟悉感和亲切感,一切好像似曾相识,而不是在一个陌生国家。

烛光烁烁,一桌酒菜,闵依然是女主人的姿态,若无其事地给他倒红葡萄酒。他看着她一举一动,他明白自己已经按捺不住,非进行到命定的目标不可,这次非把她从她的体面里给轰出来,哪怕冒犯顶头上司,丢掉了工作,也在所不惜。他不顾闵明显的抗议,回到老题目上。

"你说中国现代知识分子不做这种事,"裘利安嘲弄地说,"看来英国老师并没有好好教育他们的中国学生。"

或许闵在惶惑中不一定能听懂他的话中之音。裘利安就直接说起他自己家里的事,像课堂上讲英国文人生活轶事一样:在他母亲怀着他时,他的父亲克莱夫·贝尔就和弗吉尼亚阿姨有事;母亲和罗杰成为情人,并鼓励父亲去追求她的女友。父亲大部分时间在巴黎、伦敦的这个那个情妇那里,但母亲在家里始终为他留有一间卧室、书房和起居间,满是母亲的壁画。他们相互关心,还是一对夫妻。母亲的终身男友邓肯·格兰特是个双性恋,男朋友来时,他就和男朋友睡,男朋友不来时就和母亲睡。他有弟弟昆丁、妹妹安吉莉卡,但安吉莉卡却是母亲和邓肯的孩子。

"他们不吵起来,不闹翻?"闵难以置信。

母亲发现她妹妹与丈夫有私情,她怎么说?"这两个人是我最爱的人,以前是,现在是,今后仍然是。"父亲经常把女友带来,与母亲做朋友。而母亲的男朋友也一直是父亲的好朋友，比如他和罗杰·弗莱一直是最好的朋友，直到去年罗杰死。现代美学中著名的"形式意义论"被称作贝尔·弗莱原理。母亲和阿姨是全世界最亲密的姐妹，布鲁姆斯伯里是以她们的魅力和智力为中心。这与男女之事无关，不不，或许应当说，这正是与男女之事有关。

没人庸俗地嫉妒。裘利安说，他从小就习惯看裸着身子的男人女人，邓肯总是以男人身体为主题，有时是一群人做着艰难的多人性动作，邓肯在画，母亲站在一旁欣赏。

裘利安明显越说越得意，他的家庭，他的强烈反维多利亚道德主义的家庭背景，以及他们自由无忌的性关系，确实不同一般，值得骄傲。闵听着他仔细描述，害羞地低着头。她的头发在烛光辉映下，更加黝黑发亮，刘海下眼睛瞧着桌布上，那儿有一双骨雕筷子，一副眼镜。她明显激动起来，她的手没有搁放的地方，两只手互相紧握在一起，搁在腿上也不是，放在桌上也不是。

"你盘目好。"裘利安说。

闵吃惊地扬起脸来看他，惊奇他竟然会用本地土语说她美，她羞涩极了。裘利安再也忍不住了，他站起来，绕过桌子，顺手就把她拉了起来。她只是稍微挣扎了两下，却没有任何抗议，就无助地被他抱在胸前。

他的脸触到她的面颊，好烫，她的嘴唇很红。他轻轻吻她的脸、脖颈，寻找她的嘴唇，他的一只手从她的腰摸到她的肩，移到前面薄薄的旗袍覆盖着的乳房，她无法遮掩的坚挺起来的乳头，马上使他冲动起来。他们被激情燃烧得透不过气来。

房间很大,而烛火与灯光只是照在餐桌上,他们好像自动移到墙角,移到光线微弱的地方。闵的嘴唇在他的脸上,原先垂挂在身边的手抱着他的腰。在喘息声中,裘利安几乎是无意识地把她的手拉过来摸他已壮大起来的阳具。

闵一下跳开了,脸色吓得发白,她的手扶在椅背上,惊慌地看着裘利安说:"怎么这样?"

裘利安不知她这句话什么意思,是指他的过分直接进攻有失体面,还是他的器官太鼓胀太不文雅?她震惊得发抖:"简直不像人。"

d 只好梦中遥望海上的灯塔

第二天上午裘利安醒来时,发现已经十点过了。房门没关好,楼下仆人们说话声传了上来,中国话在女人嘴里发出像鸟唱,轻软悦耳,在男人,在大声喧哗的男人嘴里,像动物的吼叫。他发现这些仆人说的是当地土语,与闵说的柔软的北平话很不一样。但是哪一种他都听不懂。

拉开窗帘,很灿烂的阳光。他发现自己穿着昨天的衣服,只是更凌乱不堪。在楼梯过道望下去,仆人巫师和田鼠正对着留声机的庞大喇叭不知怎么办。

巫师抬头瞧见他,说,先生,系主任夫人差仆人送来的,说是给贝尔教授的。昨晚贝尔教授走时,她忘了让仆人送过来。

裘利安让巫师把留声机送上楼,一叠唱片放在一个木漆盒里,也被送上来。

他从木漆盒里取了一张有中国字的唱片,放上唱盘。二胡声在房内响起时,他走进卫生间,梳洗完毕,穿好仆人洗烫过的内衣衬衫。回到卧室，二胡声里号角齐鸣，四面都是伏兵，没逃路，而月正是最圆最亮时。裘利安一点也不想吃早饭，马上就该是中饭时间了，就又倒在床上。音乐使他想起昨晚的细节，心跳在加快，而且下面又紧张了，他几乎需要用手解决压力。

昨晚回家报信的仆人，来得及时，解了闵和裘利安的尴尬。郑那儿没大事，学生的态度和缓下来，放低了要求，让他回来告诉太太。裘利安趁这时道了晚安，几乎是逃走了。回家就开始喝真正的苏格兰威士忌，直到酩酊大醉，倒在床上，只有月光山影看着他胡闹。

二胡声凄凉忧伤，他希望这奇怪的音乐能尽快停止，起码不要这么单调。

他对付女人未伤过脑筋，该歇手时就歇手，从不会相思成病。他的初恋，是在大学三年级。没有到手之前，他有几夜都难以成寐。他发现把性弄到手，一点也不难。而且浪漫的神秘，很快被确实的性破坏，一次经验后，他就明白了：没上床之前，男人会头脑荒唐，因此，绝不能把荷尔蒙的冲击当作真的价值判断。

他不是每次都很清醒，每次还是有一段糊涂时间，只是越来越短。那第一次最长，是他追求女人，以后反转过来，几乎总是女人钟情于他，弄得生活中一波刚平一波又起。之后他就学会毫不留恋地撒手而去。

有时他想，或许，他无法与任何女人感情保持长久的原因，不一定是他用情不专，如他的父亲，而是他对母亲范奈莎的感情。谁能在智慧才华上与母亲并列？甚至相貌上也不能比——他还清楚地记得二十多年前母亲惊人的美丽。这是他爱情上的障碍——他从来没遇到这样一个女人，或许永远不可能找到他母亲之外唯一的女人。

弟弟昆丁对男女之事一声不吭，秘而不宣，而他每次都闹得满城风雨，或是让对方闹得人尽皆知。他没有夸耀的意思，不知为什么总是到这种地步。

裘利安想起这些事，就开始写信。他给母亲写信从来都是毫无保留，坦陈细节到别人看了会发窘的程度。但写信者收信者觉得很自然。从他第一次性生活开始，他都详细告诉母亲。而母亲对他的坦率和信任，非常感动，把它看成他们母子情深的证据。

这样做，并不是故意的。

他一向听到母亲和阿姨在那批知识精英大学问家的男人堆里，说到什么"性交""高潮""肉欲""勃起"等等，百无禁忌，似乎在谈家常，而且评论这个那个的性表现，就像评论歌舞表演。母亲说过一件事，也是开布鲁姆斯伯里风气之先。在他出生那年，一个春天晚上，她和弗吉尼亚阿姨坐在客厅，正在争论，为刚发生的男女感情纠葛，心里有气。他们没注意，历史学家斯特拉奇正好进门，他手指母亲白衣服上的一点痕迹，问：

"精液？"

一个词就把他们的恩怨化解了，他们全都大笑起来，一种神圣液体把所有困难的人际关系抹顺。自此以后，他们谈性、谈性满足，就像谈美的本质，就像谈艺术。她们把自己变成自然而然不受人为拘束的人，她们证明可以按自己需要的方式生活。

但是这一次他的笔在纸上画动得艰难,他应当说已经与闵有肉体的接触:她的乳房丰满结实,虽然他没有探进她的衣服里。但是闵远远不只是肉体感觉,在她的乳房之后,她是另外一种东西。

难道我爱上闵?

笑话。

他从来没有真正爱上过任何女人。这该死的中国音乐太缠绵了,把他弄得没有必要的多愁善感。

走西伯利亚铁路的信,十四天到伦敦,来回一个月;走海路的信更慢,但似乎保险一些。所以,他就给母亲一周写两封信,一封海路,一封陆路。母亲隔得那么遥远,这点也影响他的判断力。当然母亲向来不给他出主意,只是鼓励似的说"真有趣""真想见见这个姑娘",甚至说"身体这么漂亮,我可要用作模特儿"等等。可是在青岛,得不到母亲这种起码程度的回响,他觉得更难决断。

他几步过去,停了留声机。

房子里没了音乐,他的心和脑子都冷却下来:只是喜欢这个女人。的确是他在诱惑她,但只是出于好奇,想知道和一个东方女人做爱是什么滋味而已。

她是个著名诗人,有声望。有个教授丈夫,两人都是中国知识界知名人物,新月社的重要角色。外表上看,她多年的婚姻是成功的,外表就是婚姻的一切,在中国更是如此。那么,他有什么必要仅仅因为性好奇,去破坏这个婚姻呢?反正他绝不会和她结婚,即使结婚,也不会比她的现有婚姻更美满。有什么必要毁灭她明显很满意的生活呢?

仅仅是好奇。

如果如此,他想他可以抵制住这诱惑:他可以找个中国歌女做"妾",有了结论,他心里就安定了。

裘利安已经学会三百多个中文字,听力好得多,会说一些最常用的话。这个好吃,那个不好看,等等。但是他也会拿起毛笔,浸上墨汁,写任何中国字,都那么美。中文字形的美,跟中国女人的诱惑,是一回事,一旦能勾勒外形,都会有一种强烈的感觉。

应该准备上课了,裘利安强迫脑子回到教学上来。他决定上课时讲些什么是真正的现代性,他的两个父亲的"形式意义论"。不过,中国学生还不可能接受形式比内容更具有意义,先跳过去。按原先计划,现在应当讲当代英语诗歌了。他从英国带来的艾略特的《荒原》,甚至庞德奇异的《诗章》,这将是两个炸弹,只是掉下时,不会爆炸。想想,他还是决定教容易些的《普鲁弗洛克的情歌》。

站在讲台前,他潜意识地扫了一下女学生的桌位,但没有闵,闵已有好几堂课未来。

敏感又懦弱,害怕生命浪费,又无奈于自己的生活之无意义,这个对爱情如此胆怯的"你",是谁呢?当"你"被我邀请一起出去:

那么我们走吧,你我两个人,
正当朝天空慢慢铺展着黄昏。

这时他看见闵蹑手蹑脚走了进来,拿着预先发的油印稿。她一定听到了这两句,听到他的讲解。她会怎么认为,是在说他自己,或是她?

这首诗是情歌,却是一个患得患失者的自我折磨。在课堂上一讲,这诗第一次打动他,以前他对艾略特并不心服口服。他自己是个诗人,诗人互相不佩服,全世界一样。试图超越公认的大师,是纠缠他的噩梦。尤其是父母辈过从的好友。此时,艾略特的这第一首发表之作,让他彻底服气了:点出了人在"文明社会"中的根本困境,昭然若揭。

"我可有勇气,搅乱这个宇宙?"他想,一面念了出来,"在一分钟里总还有时间决定和变卦,过一分钟再变回头。"

面对闵,在他的讲解中,这首诗就是在写他自己。

他就是"我"。

"你"就是闵。

我已经熟悉了她,起码接近熟悉她,可我还是不敢走得太近。难道我真会变成临场胆怯的中产阶级?我不准备向世界投降,那么我凭什么恐惧自己?

他把他差一点变成了普鲁弗洛克,做了个入骨三分的分析,尤其是面对闵。

下课铃声响了。学生们夹着笔记本背着书包纷纷朝教室外走,闵在他们中间。他冲到门口,不是她。但他看见她进教室来过。为什么他没有见到她坐的位置,她能藏在哪里?她就在他眼底下溜走了?

要追一定能追上。可是走廊里全是学生,他止住了自己朝前的脚步,作为老师,他的行为本能地理智了一些,在这一刹那,他竟然有一种苍老感。

为了挡开折磨人的欲念，裘利安准备去海湾对岸黄岛散心，听说那儿的金沙滩海景宜人，轮渡班次也多。他直接步行下山，慢悠悠走，花了三十多分钟到海湾渡口。离渡口还有一段路时，看见仆人田鼠手里抓着大包小包坐在路边石阶上。

他走了过去。

田鼠在那里跟一个坐在矮凳上的老人说话。一定是田鼠和巫师分了工，一个跑外，一个包内。裘利安不想管他俩的事。但是他好奇田鼠如此认真地跟老头说话。那人像是个算命的，长衫破烂，胡子花白。他们俩回头，一起看到了裘利安。

田鼠嘟嘟哝哝想解释什么。那个老头止住了他，望着裘利安，对田鼠说了一大串话。裘利安走下车来问，老头在说什么。

田鼠却支支吾吾，不肯说。

裘利安叫他放心说。

田鼠说翻译不出来，不好翻。

裘利安一定要他翻译一个大概，他意识到老头是给他相面，于是先把一把铜钱放在老头跟前的盘子里。老头朝田鼠飞快地说着，说完，手有意识地敲着膝盖。

田鼠这才无法可想，只有说出来：老先生讲，先生虽是外国人，却也是明白人。先生眉阔耳厚唇红，鼻子大直，为富贵相，家底一定丰厚。

"说下去。"裘利安用中文催促。

田鼠叽叽咕咕,他的英文越来越不像英文,最后裘利安只辨认出:

可你面皮绷紧,

耳垂不大,

皱眉太深。

就得孤单,

不伤妻女,

但会——

"好,好,"裘利安感兴趣地问,"告诉我,实话。"

"这些都是中国人讲迷信,你别信,别信就无事。"

"为什么不信?我信。"裘利安嘴角却又是嘲讽的微笑。

田鼠支吾了几句就跑开了,扛那么多东西还是脚下生风。裘利安回过头来,老头也不见了,连同凳子和盘里的铜子儿。老头可能怕惹洋人的是非,他自己的命那么惨,最好是别担心别人的命运吧。中国有太多的人迷信,田鼠好像前几天害怕地对他说过,花园里的桃树又开了花。裘利安问他是什么征兆,他只说这是秋天,啊啊,说不清楚。

既然说不清楚,害怕什么?

裘利安觉得迷信是中国老百姓的一大毛病,不过好像迷信命运,并没有妨碍他们革命,这中间有什么联系吗?虽然不当一回事,可他还是打消了去黄岛,直接顺栈桥走了一段,折上坡,回首远眺浩瀚的黄海,仿佛四面来风,突然忧愁又从心中生,他便直接往北顺着中山路走,想找家酒吧喝一杯。

旧日租界的几个酒吧俱乐部,是西方人交际的场所,自然那儿欧洲的消息灵。但是裘利安想起该买个像闵那样的书桌,就先去家具铺子看看。

他一进门就瞧见了,一张形状奇异的桌子:桌子很大,左右两端像古代航海船,除了桌面,雕满了玫瑰。还有一把椅子,高背,雕花式样相同。店主说是明朝一王爷家的,本是一大套家具,有几件毁于兵灾,就散落民间。店主身着质地很好的长衫,英文也说得可以。市南区这地方,做生意的中国人,像样的店铺老板,大多会说英文。

"要价低廉,是一腿稍有损。"店主说。

裘利安这才仔细打量。

"先生要,敝号会修复如初,分文不取。"

裘利安不太明白店主如此坦白诚实的原因,但是桌椅一套二十美元整数,绝对不贵。他留下地址。店主答应一周内将船形桌送到寓所。

他心里高兴,买了好东西,以后运回家里,肯定要把母亲乐坏。明朝不明朝无关紧要,这桌子造型别出心裁,对母亲参与的奥米伽工场的同人必是一大启发。家里母亲画满墙的裸女跟这古朴的色泽,黑黑红红,正配得上。况且,船就意味自己命运,永远如愿地漂泊。

他又进了好几家店铺,量尺寸,选布料,做长衫。他还买了一对花瓶,瓶上男人们在田地上弯腰插秧,两个富家女子站在花树下,脸上挂着笑容。古装的中国女人,身体总画得像杨柳那么纤弱,脸相却有点像母亲和阿姨。他很惊奇,老板说这是十九世纪专给洋人做的瓷器。

这时,他被很响的一声"哈罗,英国佬!"叫住了。街上,三个和他一样高鼻子黄头发的西方人,说的是英语,口音却像德国人。

他们要他一起去喝一杯。

三个都是做生意的,的确是德国人。有个戴眼镜的说要上帝国红房子,问裘利安去过没有?他们嘲讽裘利安是白来中国了,到青岛不上帝国红房子更算白来,那儿的白俄妞儿真是肉感十足。

帝国红房子门面不大,进门有点昏暗,可能是故意的。店堂很深,好几个厅,不太像法国咖啡馆,也不太像英国酒吧。坐到吧台后,果然是年轻轻佻的白俄女人在服务,乳房撑得高耸,腰束得很紧,裙子短到大腿。看来是学的电影中柏林"蓝天使"的打扮。

裘利安要了白兰地。

几分钟后有了感觉,这儿完全是欧洲情调,虽然不到晚上,却是人进人出,很热闹。凭着一张西方脸,互相不用介绍就是熟人了。

陪他来的德国人见他初来乍到,就说,青岛的繁荣兴旺全靠西方国家。这里的码头、铁路、马路、医院、工厂,都是西方人建的。中国人不识好歹,早借欧战机会收了德、俄等国租界,好几年前革命冲昏头时,又发动工人武装冲击,收回了好些租界管理权,弄得革命党现在只能托庇上海的西方租界做基地。

"没咱们,青岛就是穷光蛋,青岛人都会失业。"

裘利安没说话,他的工作是中国人给的。

酒吧里挂着窗帘,厚重的紫红色绒布窗帘挡住白昼阳光。各种语言的喧哗,加上酒气,使空气浑浊。

"近来收集了多少勋章?"凑上来一个大肚壮壮的家伙,像希腊一带的混血人。

"数丢了。"一个老板模样的人，说了一口自引以为骄傲的约克郡中部土腔。但在这问题上却谦虚了一下，"酒厂里中国人太多。"

裘利安明白他们在谈中国女工。他要了一杯又一杯，酒精在血液中增加，脑子却很清醒。他们越说越起劲，然后各自讲个做过的事。那个酒厂老板吹牛自己一夜睡了五个中国处女，引起一片不知赞扬还是嘲讽的大笑。裘利安没想到遇见如此一群极端无耻的殖民主义者。

一个老板娘似的俄国女人看出裘利安的表情，走过来，凑着裘利安的耳朵说："不要理这些浑蛋。过来，让我给你介绍安娜。"他身子往边上一让，看到老板娘背部几乎全部暴露的装束，脖颈绕了三圈珍珠项链，化妆过了分，但只有这样，才能掩盖韶华已逝。

她身后跟着的姑娘，二十多岁，不难看，只是神情有点忧郁。

"安娜是瓦西利耶夫伯爵的小姐。"老板娘又说，"咱们市南区的探戈舞后，人人都想找她学呢。"

裘利安吻吻老板娘和安娜的手指尖，说今天忙，改日来请教。他在酒杯下压了纸币，就走出帝国红房子。

外面阳光亮得刺眼，他只得闭上眼睛，慢慢睁开，习惯了白日光线之后，街和房子却依然模糊，歪斜，人也扭扭弯弯，不知为什么有那么多人。没一会儿，他就吃惊地发现自己走进了一个游行队伍中，年轻的男人、女人，哦，是学生们举着标语拉着横幅在示威，有人带头，在喊口号。

裘利安举起拳头，也跟着喊。他只看到标语上写有"日本"两字，听不清整齐呼喊的是什么话。不懂没关系，他完全会同意这些口号。

队伍突然乱了。

前排停住了脚步，人们往回退，或朝街两边躲。也有好些学生不退不躲，但是街中间人少了，于是他看见了对面几百个穿黑制服头戴黑盘帽挥舞警棍的警察。

一得命令，警察就凶狠地呼喊着压过来。

连不退不躲的中坚分子都开始往后跑。裘利安来不及想，他还是站着不动。警察冲到他面前时，他只是举起一只手，嘴里重复着他也不知是什么的话，他的头猛猛地挨了一木棍，他眼一花，倒在地上。

裘利安躺在床上。他头部被木棍打破，不重，当即送进医院，未伤骨头，缝了三针。没跑得了的学生，不管是否受伤，全被先抓到警察局。

两个仆人好像明白该是显身手的时候，早饭是豆浆牛奶，小笼蒸包，加上一个荷包蛋米酒；中饭有两菜一汤；下午也做清炖冰糖莲子、虾饺之类的小吃；晚饭则分量大些，牛肉米粉，鱼是最新鲜的，刚从海里捕来。

为了不让好意的仆人失望，每餐勉强吃些，然后让仆人把饭菜拿走，他没胃口。不仅如此，没有他吩咐，他们不得随便上楼来，他需要清静休息。有事他会摇铃。

对他敢参加游行，并与警察对打，巫师和田鼠流露出很服帖的神色。

在市中心买的两个花瓶，还有桌椅，店里都派人送了过来。他任花瓶搁在客厅地上，在什么位置，他也不愿去关心。桌椅让人抬上来，放在卧室。

他知道他英雄行为的真相：他自己首先不关心自己，然后世界就不用关心他。因为游行受伤，他的忧郁症有了充分的理由。

可能挥木棍的警察，认出棍下是个外国人，来不及收臂，打中了，却打得不重。他想，如果伤口得缝十针，而且像其他受伤学生一样，先满头淌血地受审问，然后再让去医院，这才是平等对待他。现在他头上的绷带也像是假货，装样的！

轻悄悄的脚步声，有节奏地上楼梯。

巫师和田鼠没这胆子。裘利安侧耳听着，脚步停了，像是犹豫。只隔了一会儿，敲房门声。

他没有立即应门，他的心猛烈地跳动起来。门外站着的只可能是那个人，他以为忘却，正在忘却的，却一下子证明并没有被忘却。他知道马上就会很想见到她，她就来了。

门开了。

他先看见她的袖子，有一个翡翠手镯，手指纤细又鲜嫩，放在门把上，脚上蓝平绒面的鞋子，跟不高也不低，没绣花。裤口开得大，上衣很短紧身。很好，现在他看到她全身，似乎是有意打扮好来的，好像画册里清朝宫廷女子的装束。她的头发梳了条辫子，他没想到闵竟这么有意打扮给他看，而他真的看着了迷。如果拂去她额前的一排刘海，她的额头一定高。他喜欢额头高的女人，母亲是，阿姨是。一个新的闵，浑身上下是淡蓝与翠蓝。

她走进房来，站在裘利安床头，没说话。裘利安心里咯噔一声响，像什么东西卡住胸口，突然落下去，觉得呼吸畅快了。

她走过去把窗帘拉上一半，不让阳光照在裘利安床上。

裘利安习惯性露出嘲讽性的笑容。闵走近，她也有这样的笑容，一学就会，不错不错，他心里咕哝。有她在，他即刻感觉自己的忧郁症变得没有理由了。

她在床边坐了下来，打量着裘利安。没戴眼镜，裘利安注意到，眼镜在她手里捏着。他看她时，她却突然站起来去看他的船形桌子，他觉得她眼睛湿湿的。

他有个感觉，闵不像坐一会儿就要走的样子，她会待得很长。他的受伤成了个好理由，她是来照顾他的。

闵抚摸裘利安的额头，绕过纱布下面的小伤口，轻声道："怎么好像还有点儿发烧？"

裘利安想说什么，可是闵把手指放在他嘴上，又把手指放在她自己噘起的嘴唇上，很像母亲以前上楼叫他睡觉的样子。她让仆人把鸡炖红枣汤端上来，安静地坐在一边，看着他一口口吃。

闵在身边真好，他要的其实很简单，这刻要的就更简单：安宁和温暖。吃饱了，他有点神思模糊。几天来精神和肉体的紧张松弛下来，疲倦和哀伤转换成惬意的睡眠，他合上眼睛，感到自己在往下沉，潜入深深的睡眠中，平静地呼吸，睡了很长很长的时间。

突然闵的声音使他醒了过来,她站在窗前,满脸怒气。

裘利安怀疑自己在做梦。他定了定神,睡意全消,看清了,闵是在生气,手里拿着几页写满字的纸。他想起来,那是出事前,他给母亲的信。写完就摊在桌上,没收起来。

闵声音发抖地问:"K是谁?"

裘利安从床上挣扎着靠床头坐起,这样说话使他喉咙舒畅一些。"这是私人信件,请不要看,"他停了一下,看见闵对他的郑重抗议没有反应,"好吧,告诉你,K只是一个顺序号码。"

闵依然拿着信,没有放回桌上的打算。望着裘利安,她立即明白了:"这是什么意思?你的十一号?又是谁呢?"

裘利安想赶快解决这误会,说:"K不是别人,是你。"

闵的表情更吃惊了。

她又看了一遍信,非常快,因为她只看那一行,她把信往桌子上一搁,愤怒得声音都在发抖:"我,你的第十一个情人,而且已经跟你有私情了。"她的英文不够好,这时一下就显露出来,激动的时候,不成句子。"太荒唐!莫名其妙!谎言!"

裘利安能感觉出她的情绪反应之强烈,他这才知道这句话"我跟K已经有私情",每个词都深深地得罪了闵。这句在他眼里简单的话,每个字对这个中国女人都是利刃。

她是第十一个!他已经有那么多女人,才二十七岁,已经引诱了十个女人!

这么年轻,这么无耻。

"私情"这词让她受不了,最严重的词还是"已经"。

她的脸色发白:"我和你'已经有私情'?"

裘利安承认他在写信时夸张了一点,急了一点,他想让母亲知道他在中国一切正常而顺心。当时他认为几天之间必然成为事实,至少信到达英国之时,肯定是"已经"。

但对闵来说,这不只是假的,而是他居心不良的证明。

"你上床来,不就马上'已经'了吗?"裘利安对付生气的女人,一向用厚颜的办法,他让出床的一部分来。

"你这人毫无廉耻!"她吼了起来。

裘利安只好硬着头皮说:"相信我,我从来不如此,只有想起你时,只好不顾廉耻。"

闵从桌上拿走眼镜,还是捏在手里,脸朝着他,一句话不说。

她的沉默,没能停止裘利安,他脸上浮起了浅浅的笑意:"不管怎样,我把你放在我名单上,就是说你比之前的任何一个情人都好嘛。我会学做一个说得过去称职的情人,为什么我们不来一起证明这一点呢?"

闵满是委屈和受耻辱的感觉,突然低下头,戴上眼镜,侧着身子,从他房间里消失了。瞬息之中。他一片茫然,甚至都未注意到她下楼,关上房子大门。

大雾笼罩,他走在其中。他是在海湾边,渡船停了,两岸都是穿蓝衣的中国人,似乎在等他。

等他做什么呢？

他们的脸上都有神秘的笑容。脸背着海上的灯塔。

他回头发现身后是闵，他转身向闵走去，闵却消失在雾幔之中。谁在那孤独的灯塔里？他看着那灯塔，泪水突然流了一脸。

他醒来，发现眼睛还是湿湿的。

他是想象力丰富的人，尤其是梦里。他的才华来源于他的情感，而情感总在某一阶段和某个女人联系在一起。母亲是唯一持续在这情感里的。他来到东方，不是为了寻找像母亲这样的一个女人。比如闵，不能给他快乐，相反，这关系还折磨着他。

这么一生气，这么一折腾，他的烧退了。

夜晚到了，裘利安望着窗发呆，试着把胡乱的想法整理出一个头绪，没料到闵又来看他，不过和她丈夫一起。她还是那身打扮，但披了件白绒线衣，又变成公众场所的系主任夫人。

郑教授问裘利安好些没有。听说伤得不重，这是幸运。他说他们带来一些补品，让仆人在楼下蒸。"要什么请尽管说，你不要担心，伤好再上课。反正学生正在罢课抗议镇压游行。"

郑很清楚分寸，不偏不倚，不卷入争论，言谈中，没有一点轻微的责备，他也没有指责裘利安不应该到市南区街上跟学生一起游行，只是说不应当直接和警察发生冲突。

既然如此，裘利安觉得没有必要为自己做任何解释。

"我们得对你的安全负责。请以后千万小心，"郑说，"市南区英国领事馆派人来打听你的情况,说是慰问。"

"领事馆!"裘利安呻吟了一声。他努力离领事馆远些,越远越好,从来不让他们知道有他这个人。他一向不信任任何政府机构。而他今后想做的事,不会让任何官员高兴。

仆人给客人端来椅子。郑坐着,闵只坐了一下,就站到椅子背后。她看上去心里极乱,神不守舍,一定是丈夫要她一起过来,而她没有理由拒绝。不过,闵的眼睛一直未离开他,虽然隔一会儿,她总会朝旁边看。他很难判断她心里在想什么,她始终没有看裘利安的眼睛。

郑不分明的态度使裘利安心里不快。他不得不承认,中国知识分子,从西方学来的自由主义,只是高谈阔论不准备实践的自由主义。他们缺少的就是把信念付诸行动,甚至政治行动的能力。恐怕这正是他在此真正能教的课,才对得起这九百镑中国人民的钱。

郑面对侵略的"冷静",闵面对爱情的"体面",就是明证:中国还没有成熟的自由主义。

明显地,闵现在在与他有意保持距离。但是一天看不到闵,裘利安的心就会隐隐作痛。爱一个中国女人就得娶她,不用谁提醒,他懂得这点。他相信,如果母亲亲眼见闵,她肯定会很喜欢,闵会成为母亲的好媳妇的。

想到这儿,裘利安忽然记起了一个早就在明摆着的数字:闵已经三十五岁,比自己大八岁。

真奇怪,他想,在西方人眼里,闵看上去才二十出头的样子,无论是面貌还是身材。比起西方女人,她是小巧了点,没有她们青春时代那样夸张的性感。但是西方女人好年华易逝，他努力回想认识的三十多岁的西方女人模样，的确个个眼角、嘴唇都起了皱纹，脖颈起了褶子，如果胖些，皱纹要少些，可腹部臀部变肥，连凯恩斯的芭蕾舞女妻子，双腿也加了分量。那些和他年龄相仿的西方女人，像他的大姐。假若一个中国女人外表比他年轻，那么，她就是年轻，"真实年龄"没有什么可讨论的，形式才具有实际意义。

闵是一个有夫之妇，这对裘利安根本不是一个问题，对闵才是一个问题。这问题应让闵自己解决，他只能接受她的决定。他并不认为与一个有夫之妇发生关系，是他的道德有毛病。相反，如果她决定爱他，而他因为她有丈夫，就顾虑，就拒绝，这才是缺乏道德勇气。

e 我不能像渴望海洋那样渴望你

夜里下过暴雨，闪电的震动使雨水干净利落地哗然一倒而空。清晨，空气格外清新，鸟叫清脆，连续不断。

裘利安坐在花园，他额头上还贴着一小块纱布，但气色好多了。这种纯白色最艳丽的菊花叫"狮子毛"，花期最长：两周了，都未有凋零的迹象。他挽着袖子和裤腿，手里拿了把大剪刀。他不喜欢与仆人一起整理花园，那样就太实际了一些。

他打发仆人做别的事。

李子树已开始结小小的青果，一旁的桃树有点奇怪，像那次田鼠说，秋天哪会再生出花苞来，但只是花苞，没有绽开就萎黄了。

雨珠挂在枝丫上，他一剪刀过去，就掉下两枝。小鱼山与海湾的风景，应当使契诃夫或简·奥斯汀激动，但不是马尔罗或福克纳感兴趣的那种。不过正适合自己的诗风，真是恰好。

绯红的秋叶平躺在河面

无风，宁静的水流向下游

在肃穆中，此刻流逝或永恒

向东流的河漫向大海

天空是同样的灰色

每件东西都在溜走

从本质上讲，裘利安是个在英格兰乡村绿野中长大的孩子，一向不喜欢城市，不管是伦敦还是青岛。他一开始写诗，就拒绝艾略特和庞德式的"现代性"。他记得昨夜的梦：一大片树林，他奔跑在田野上，一条水牛也在跑，一群狗尾随他们，好些人在呼叫，追赶。他卷裹着树叶青草不顾一切向前，撞倒树篱笆，压倒一片灿烂的野花。

在梦里见到的是英格兰还是中国？他弄不明白。

此刻，他在小鱼山自己的花园里，剪掉桃树所有带花苞的细枝，满满一把，够插在刚买的古董大花瓶里。

讨厌的中国的风俗迷信！裘利安笑了笑。不过如果不信，干吗要剪掉桃花呢？

他有个感觉，身后有人在注视自己，立即回转头，果然闵在他身后。他去拾地上的剪刀。他回头那一瞬已看见，闵疲惫不堪，头发挽在脑后，没戴眼镜。干吗不戴眼镜，难道上帝暗示了她：眼镜是他们之间的障碍。见鬼！

"你不欢迎我，对不？"闵说。裘利安想，她未免太聪明了，马上看出自己的态度。但他还是决定不理她,径直往房子里走。

闵跟上,不请自进。

裘利安不知哪来的气,突然将手里的花枝通通扔在地上,他的赤脚沾有草叶水珠,在地毯上一走一个脚印。壁炉旁的柜子上有好些他买的中国书,他胡乱翻,当然一点也不懂,只是觉得印刷古雅。

他看得认真,眼睛里汉字瞬间放大瞬间缩小。闵为什么不走过来,长沙发、短沙发都空着,也不坐,她一动不动站着,太像一幅画,太不真实了。得了,这个女人有什么权利在我房里?我弄出乱子,我喜欢乱子。不过日本人可能比我还行,当然喽,趁日本人还未捣出大乱子,让我停止小乱子。裘利安过了很长一段时间也很难相信,这个上午,他的喉咙里发出从未有过的冰冷的声音:

"郑太太,我们在这房子里能做什么?"

闵没反应过来,愣了一下。她看着裘利安,想说什么却忍住了,迅速地转脸,急急地朝房门前走,地上的桃花枝差一点绊倒她。房门在闵出去时很重地响了一声关上,裘利安不由得浑身一颤。

我必须去打猎,不然我就会疯掉,我必须吃东西,否则我就会垮掉。裘利安大声叫仆人,没人应。他这才记起是自己把仆人赶出去了。他在客厅里走来走去,像个咆哮的动物。你,范奈莎,亲爱的母亲,你永远那么清醒,而弗吉尼亚阿姨却已在边缘上,濒临疯狂。啊,贝尔教授,也继续了你们自由狂傲的血液,尖锐的感性。啊!弄醒一头狮比惊吓一只兔,更充满刺激性。

是的，天生如此，不必责怪自己，更不要责怪世界。

吃了些填肚子的东西，裘利安找到猎枪，也不收拾满花园满地毯的花枝、草叶。他戴上帽子，穿上长靴，披上猎装，朝门口走去，准备到山里。他拉开门，才发现天正下着丝丝小雨，不是打猎天。

但使他吃惊的并不是雨，而是看到闵背着门站着，不是在他门口，而是在门口外青石块铺的路上，准确地说，在前花园的小径上。如丝的雨水中，她浑身湿透，也不肯退后几步躲在他的屋檐底下。她竟在这个上午，起码三四个钟头，没有走掉，而是一直站在他的门外！

裘利安心里像裂开一道口，他随手扔下猎枪，慢慢走近她，他很想靠近她，离她更近一些，但他忍住了，就站在她的身后。

她没有回过身来，她声音沙哑，明显哭过，不过语调却显得很静："裘利安，我不能在这儿，在这儿离你太近我受不了，我会在北平等你。"说完，也不等裘利安表示同意不同意，她就往前迈步，步子不再凌乱、慌张、急促。

闵的话，太出乎裘利安意料，他什么也说不出来，看着她苗条小巧的身影消失在小道上。他呆呆站在细雨中，觉得雨水在一点点浸透他的头发和皮肤。

第二天一早，他收到一个大信封，里面有闵在北平的地址，还有一大沓英文手稿。闵短短的信里说，这是她用英文写的小说，请他在火车上打发时间读。

闵以看望生病的父亲的名义已去北平。在等候北上的时间里，裘利安额头上的伤口已好,未留下任何印记。

是否去赴约?

时间一天天逝去,裘利安变得犹豫不决,本能地对过分强烈的爱情感到害怕。他觉得看不见就会忘掉她,逐渐会成为习惯。

但闵站在门外雨中的背影,每次打开门,他仿佛都能重新看见。她说的那些话,深深地打动了他,她是他遇到过的最痴情的女人,也是真正达到布鲁姆斯伯里自由精神境界的女人。他明白实际上他的考虑,最后都不会算数,他很难拒绝闵的邀请,完全不可能做到。

f 在火车上读她的小说

寒假到来之前,裴利安订了去北平的火车票。现在他的恐惧正相反,闵到底会对他怎么样?男人会变,女人也会变,尤其是一个中国女知识分子,自己从没有过经验。闵既然能变过来,也能变过去。他实在怕在北平扑个空,闵会晾着他。

不巧,这天是星期日,拥挤的市南区街上,裴利安和田鼠各自坐了一辆人力车。时间紧,为了赶上火车时间,裴利安挥着钞票大叫:"赶上火车每人加一元。"田鼠的那个车夫瞅空从人行道上绕过,跑得飞快;裴利安这车夫不行,他跳下付了钱,换了一辆车夫强壮的。

他赶到火车站,竟然还有十多分钟。田鼠早就将他的一口皮箱送上火车,放在厢位。

火车从青岛直达北平。裴利安不用问在哪里下车。他穿着中国长袍,深蓝绸面,驼绒里。他不在意这服装是否使自己样子很滑稽。不过天已冷，穿这样的衣服真是享受。他担心北平更冷，也把黑呢大衣带上，还有一顶黑礼帽。头等车厢十美元，他一天半的工资，像从巴黎去柏林那么舒服。正巧这火车是德文告示，德式服务，使他格外惊奇。

火车很快就把新旧杂糅的青岛丢在身后，铁轨一直延续进郊外乡村，穿过海湾山泊、田野、森林和无数隧洞。

走出山东的山区后，就穿行在华北平原。河北，黄河流域是中国的心脏地带，中国文明的摇篮，现在，目光所触之处却破败得叫他吃惊。冬天的农村，田野光秃秃几乎看不见树木，散散落落全是泥垒的茅舍，房子像牛棚。村头上，大人孩子都是衣衫褴褛，脏脸瘦削。

火车每到一站，车厢外便拥着讨饭的人，个个病瘦，衣不遮体，在刺骨的风雪中冷得浑身像筛子发抖。

越往北行进，越是贫穷。

英国农村至少还有田园风光，农民生活至少比城市的工人强得多。而中国工人生活虽然困难，中国农村的贫穷几乎使人窒息。裘利安很愤怒，就像伦敦东区曾经使他愤怒一样。

世界正在进行战争和革命，而他却在干什么呢？

他想起在青岛火车站前，他跳下人力车，差点撞倒一个上身光裸、裤子极破烂的人。他收住脚，那个人是撑着拐杖，却跪着伸出双手乞讨。他看清了，这人从大腿以下全没了，面前是一块布，上面写着字，不知是什么字，也来不及问，只是顺手往布上扔了几个钱，赶快进站去乘火车。那个人可能是个伤兵，和日本法西斯打仗，丢了腿，政府没心思管他，也许是在内战中丢了腿，更没人管。他的腿桩上不知如何钉了两截木头，他就"站"在那两块木头上。

他不是不知道，在英国时，从记者的报道，从中国回来的人写的书，都仔细描写过中国的贫穷和苦难。中国的故事永远是悲惨的，让那些神经脆弱的太太们读不下去。所以中国是最值得革命的地方，需要马尔罗笔下那种敢于牺牲的中国英雄。这时，他非常清晰地记起在去年九月，从香港乘船驶进上海时，他对这个国家的革命充满了怎样的激情！他写给母亲的"遗书"，他来中国就是为了奔赴一条值得献出生命的危险的路。

首先，现在看来有一种可能事件的发展，会使我卷入中国的革命政治，我想我会成为一个杰出的行动者，我想试试。

其次，我做任何事，必是出自坚定的信念，我对这个世界弄到如此白痴般一团糟感到有责任，而且，对身受此难的苦命的中国人深为同情。如果我的中国朋友冒险，我希望我分担这危险……

这封长长的"遗书"，他一直保留在身边，没有寄出。因为他到中国后，西方人写个不休的苦难，他看到不多。相反，他看到老百姓有自己喜庆的祥和，一旦从苦力劳动脱身，他们的生活也自有风趣。就说青岛，下等餐馆墙上也必然挂幅书法，柜上摆盆花。他们在这个海湾边放个塔，那个山头放座庙，艺术融入自然，毫无唐突。有钱的人似乎不少，乡下的地主也能供子女到日本、西方留学。而知识分子有英国式的自由主义理念。至于中国女人，更是好看，而且喜欢生活中美的东西。

他由此竟然忘记了中国生活的另一面，或者说，有意不去注意那些腐烂化脓的地方。

如果母亲看见他那封遗书，只会理解他，并且只会喜出望外于他变了主意。因为遗书中有一段他自己也觉得给母亲看很不妥的话：

> 我的一生过得幸福而诚实，我情愿暴死而不愿其他死法。比如不想老死床上，没有比上战场更让我激动的。我当然想看到未来，我会尽全力不死，我完全不是烈士，但我现在能对这样一种结果心平气和地考虑。要是我去闹革命，我肯定会带着氰化钾，所以你不必担心我受到折磨。

历史真是个拿人开心的舞台总监。他现在却坐在最舒适的头等火车车厢里，驶向中国的名城，宫殿古都北平。裘利安真心地感到了内疚，他被中国文化和中国女人的魅力迷惑住了，享受着生活的种种奢侈。

或许，他天性就沉耽于快乐吧。

他无法为自己辩解，只能用一个许诺安慰自己：记住这个国家的贫穷苦难，他应当为此做出牺牲。时间一到，他就能！

闵说："我会在北平等你。"她的声音是那么孤独，又是那么充满激情。

面对如此美妙的爱情，他有权利暂时忘掉自己的衣袋里是否有氰化钾。

裘利安从皮箱里取出一个大信封，抽出闵的英文小说手稿。他开始读她的小说。火车正在跨过一座很长的桥，车轮与铁轨的撞击有如敲钹。火车轻轻摇晃，但是看不到桥下有水。窗外的景色渐渐蒙上暗色，他拧亮座位边上的灯，桌上有啤酒、水果和可口的法国菜。头等车厢的舒适，像一层又一层的纱幕垂挂下来，他觉得自己置身于一个快速的活动舞台上。这舞台很好，再也看不见余下的世界。

闵的英文字迹极为清秀，他一边读，一边用铅笔修改个别用词。但是往下看，他就被故事吸引住了，不再改动。

这是一个女孩在一个奇怪家庭长大的故事。她父亲有九个妻妾，母亲是第三房，娘家原是福州四大富豪之一。父亲从朝廷领差到福州，上她家做客时，母亲被叫来送点水。他正要欣赏一幅画，她和一边的丫头帮着打卷挂轴，她穿了件深红色丝质上衣和裤子。母亲的手指启开画轴时，娴静优美，神情自如，如画上的睡莲。于是父亲迷上几乎比自己小二十五岁的这个少女，当天就提了亲。母亲在这家排行老七，女儿太多，并不珍爱，做三妾也不算太委屈。

但不知为何父亲爱她母亲远胜过其他妻妾，和她母亲度过的夜晚比其他人合起来都多。这个大家庭里妻妾内争已经穷凶极恶，无所不用其极。她的同父异母兄弟姐妹年龄相差太大，而她太小，帮不了母亲，母女的日子很难过。

父亲是清宫廷军机大臣，住着一个大宅。这女孩从未弄清过到底有多少套院子，经常在"自己家里"迷路。她管大老婆叫妈，对自己母亲叫三妈。没有人弄清大院子里还住着多少人，那些管家裁缝、花匠和厨师，差不多是一样的面孔，旧的用人尚未去，新的用人便来了。

父亲去了一趟日本，回来后，思想上日渐与改革维新派亲近，参与了他们的一系列策划活动。

当改革遭到守旧派血腥镇压时，父亲也受到牵连，家产大半充公，被流放到新疆沙漠。只有母亲一个人愿意陪他远谪戍边，父亲也只要她一个人去。她由父亲的大老婆照管。但是路途艰难，父母亲都病死在路上。

这个大家庭由于父亲这棵大树轰然倒下，全家人抢家产，大打出手。最后大院出售，人作鸟散状，把她一个人孤零零地留在这个世界上。

一部很感伤的中篇小说。裘利安一口气读完，已经是半夜。

他将手稿合拢在一起，这不是他喜欢的小说类型，也不是弗吉尼亚阿姨的那种作品，语调太纪实了一些。他能猜出闵多半是在写她自己的故事，这正是此书迷人的地方，真假莫辨，似乎并非全部虚构。不管怎么说，她的英文写作比她的口语能力强，散文的风格遒劲，简练而生动。那个新月社的核心人物徐诗人，幸亏在飞机里坠毁了，将闵比为一个二三流的英国女作家，真是缺少文学品味能力，看走了眼，闵的语言上有点像弗吉尼亚阿姨。裘利安第一次看到闵的艺术才华，心里很高兴。有貌又有才，是他喜欢的女人类型。

g 北平梦境

出租车将他从火车站带到闵留给的地址门牌号码时，他一手拎皮箱，一手拿大衣，站在一个宽阔的巷子巨大的门前。

显然这是个豪华大宅子，门前有五级台阶，石阶两旁是石狮，红门，金门钉，门环叼在两个大青铜猛兽嘴上。

裘利安报了名字贝尔教授，看门人通报回来，他被引了进去。过了两扇门，一堵镂月裁云的画墙，墙前精美的瓷盆开满鲜花。

他走过一道道厅堂，穿过一个个有人造假山的花园，有的整修齐整，有的显得荒芜凋零，似乎属于不同的主人。高过墙的红白梅花开得恰是最繁华之时，枯干苍老却有青苔。池塘边的小路卵石铺成花式，冬青树篱隔开一些不让直视的房间。有时能看见女人走动，看来大多是仆妇，见了他这个洋人也不稀罕，依旧做自己的事。

仆人终于停在一回廊底端，放下皮箱，恭敬地对裘利安说："先生，小姐在等你。"

他回过神来，仆人已不见影了。回廊转弯处有一对红木亮漆长凳，回廊匾头有四个狂草的大字。裘利安转过身，闵果然已站在门口看着他。她穿着非常艳丽的服装，绛紫色旗袍，银闪闪碎花，领口、长袖口与下摆都镶有枣红的毛边，蓝绫细缎长裙，浓密的一头长发，像古时女子那样梳成大髻，前额上留着一排黑又亮的刘海。

她简直就是中国古画里走出来的女子，看着他，却又是那么活生生的鲜丽！他好像不认识似的：青岛的女知识分子无影无踪，他一下看傻了。

他们没有笑容，也没有说话，仿佛等待太久的东西终于真实地冒出来，生怕一句话就会惊走。两人互相看着有好几秒，仅仅几秒之后，他们就找到只有他们俩才懂得的眼神：注定要发生的事，想挡也挡不住。

闵走上一步，也不握他的手，告诉他，当然不住这儿，她已找了一家旅馆。她把手里提着的白狐皮大衣穿上。

裘利安拎起皮箱，和她一起朝另一条路走。

在某座花园假山背后，一个白发银须但眼神炯炯的老人，走过来，笑声健朗，自我介绍是闵的父亲，他的英文还挺像一回事。

客气地打招呼后，他问裘利安要不要多待一会儿，与他的两个日本客人一起欣赏梅花？假山那边，两个日本人坐在亭子里正在用茶。侍女都穿得漂亮，小心地静候在一旁。

裘利安见闵朝自己使了个眼色，就立即谢了他。闵马上说，裘利安是同事，路过北平，片刻就走，下次再来打扰。

闵的父亲也不强求，告辞了回到亭子里。

"有多少自传成分，你的小说？"裘利安不得不问，他好奇了。

"就是我父亲流放还没上路就被朝廷赦免了。现在已经是民国，早就不做官了，是在野名士。不过，我的确是孤儿，"闵淡淡地说，"我母亲已经去世。"

"你父亲会说英文？"

"我父亲马马虎虎会几国语言，打招呼而已。如果你留下，客人就得说中文了。你看他都七十岁人，却保养得好，身体强壮得很。他还想娶一房姨太太呢，已经第十四个了。"闵突然有点伤感地说，"不过活下来的不多。"她突然转了话题，"你读完我的小说了？不全是真，不过还有好多真的没写。"

"还有什么没写？"

闵却不说话了，急急领着他走出去。

高墙外太阳的光辉，使庭院色彩都加深。屋顶一列列圆瓦，有蓝黑色，也有金黄的琉璃瓦，屋檐下柱头不是雕花就是漆花。有的屋角悬着铜铃，从外望进去一些敞开门的房间，红色太多，但家具雅致，摆有青铜暖炉。有时眼睛能闪过鱼池反射的几抹阳光。这个暖和的冬日下午，到处是色彩，有种华丽过分的感觉。这整个大宅子，闵过去的生活，闵的小说场景，在裘利安看来，的确是一个奇怪的地方。

闵没有心思停留，她领着他，越走越快。两人急切地、心照不宣地往外走，一刻不停地，几乎是小跑出了后面的临街大门。

出租车把他们送到旅馆。一路上，他们没有说话，在车上也不说话，也没有看对方一眼，只听得见对方喘气急切。坐得那么近也不敢碰，怕一旦碰到对方身体就收拾不住。这个豪华的西式旅馆在闹市，房间在四楼。侍应生带他们乘电梯，打开门，就拧亮壁灯。

闵给了他小费，就关上门。

裘利安朝屋内走了两步，房间很大，他转过身来，见闵背靠着门，仰着头，手捂住心口，喘不过气来，眼睛几乎闭上，微微张开的嘴唇，在抖动，几乎要晕倒的样子。裘利安伸出手去，两人立即紧紧地搂在一起。以后他们怎么想也想不起，这个下午，他们是怎么从门的这端到床的那头的。他们拥抱着笨拙地移动，裘利安就开始撩闵的衣服。闵把他推开，但是她的皮大衣已经落到地上，她的紧身旗袍纽扣太复杂，裘利安不知从哪里开始，他的手臂松了点。

闵一点点往后移动。

他的心跳在加速，脚步边移动，边脱身上的衣服，他们退到床边。房间里非常沉寂。

闵不敢看裘利安，而裘利安却一直盯着闵不转眼。

闵的身子继续朝后仰，他稍一松开，她就更紧地贴住他，不然她就会倒下无法再站起。她慢慢地抬起头来，贴住他俯下的脸。他亲吻着她的头发、眼睛，她的发卡和皮鞋掉落到地板上了，哐当两声闷响。

她被放在床上，虚弱得不能动弹，无助而不知所措。裘利安看着她，褪去自己身上最后一件衣服，他控制住自己火燎的急切，在她身上找旗袍的纽扣，一枚一枚解，一件又一件地脱，直到她上身什么也没有。脱她下面时，她闭紧眼睛还不够，双手又遮住自己的眼睛，害羞极了,像个处女。

他徐徐地脱她的下面,她的腿发着抖,绞得紧紧地。

这是他日思夜想的场面,现在他看到全身赤裸的闵:身体匀称,光洁,闪出金黄的色泽,似乎不是肉体的。裘利安惊奇地发现闵举起遮住眼睛的手臂,腋下没有任何毛发,她绞紧的腿间也一样。那里如花瓣张开。他从未见过一个女人的阴部,没有毛发遮掩,美如艺术品,而不像一件寻欢作乐的工具。他的汗沁了出来,仿佛是一个初尝禁果的男孩。

闵的一头黑发松散在床上,不是太长,但波浪似的,自然地衬出她的脸和肩。他用双手仔细地从她的头摸下来,这么坚挺而丰满的乳房,这么象牙般的质地,具有雕塑感的肉体,比母亲的任何一个模特儿都标致。而且她的皮肤,从脸到脚,都如丝绸那么平滑细腻。

他紧紧地抱住了这个肉体。闵的手还是羞涩地遮住脸,他没法吻她的嘴唇,就饥饿地含住她的乳头,手顺着她的腰、肚脐、腿,滑到她又湿又热的地方,浸满汁液。他惊喜万分,不顾一切地扳开闵的手,他吻住了她的嘴唇。

这时,他感觉自己渐渐瘫软下去。可能是太激动,太兴奋。他翻过身仰躺着,尽可能镇静下来,呼吸舒缓。然后,他把闵小巧柔软的手放在他身上。

闵这才第一次睁开眼睛,她惊奇,手直颤抖。她闭了一下眼睛,突然睁开眼,瞧到裘利安毛茸茸的胸部和大腿。她马上闭上眼睛,显得惊慌失措。他的身体在她手里,立即变了,他激动地双手一揽闵,探向她,还没来得及找准位置,就发出闷声叫喊,无法控制地泄了,大口喘着气。

"真是抱歉,"他说,"我大半年没碰过女人了。"

闵没说话,他这解释实在笨拙之极。但是过了一会儿,她半起身,伸出双手抱住裘利安的头颈,围住他的头,像恳求他别再说似的。

他们并排躺倒在床上,裸着身子,互相注视着。慢慢地,闵的脸上出现了笑意,好像已完成一件非常重要的事,人生过了一大关口,仿佛已过去了多少年。

房间里温暖如晚春,有暖气,还有个大壁炉,这时正烧得旺旺的。壁炉上端有面镜子,床太大,有洗澡卫生间,还有更衣间。透过落地窗纱,阳光从窗外泻进来,壁灯不过是加了一层轻淡的暖色。

闵抚摸他的脸,他的带些卷曲的亚麻色头发。她抬起身朝他俯下来,一头黑发披垂,落在他的脸上胸上。她闭着眼睛在用手,不是抚摸他,而是在描画他脸的轮廓,他的眼睛,他的鼻子,他的耳朵,他结实的长胳膊,强健的胸肌、大腿。手指描画不太清晰时,她就用整个手掌抚摸。闵好像对他胸口肚腹浓密的毛发,特别留意,细巧的手指梳理似的迂回。她的抚摸柔顺舒服。她的手在某些部位恋恋不舍。

她的手终于摸到了他盼望的地方,眼光也到了,似乎这次才看仔细,似乎这次才真的惊奇:她从来没见过男人的这个东西是这样的,不像文明人,而像动物,凶猛的动物。其实,他那儿并不是很大,只是她没见过,除了她丈夫。此时,他不想这么坦率说,不想扫她的兴,或许,在一个女人眼里,这并非坏事。

裘利安把闵拉下来，盯着她的眼睛问他总在想的问题："你那天的惊叫，是为什么？喜欢我的，从那第一次就开始，就想和我？"

她偏开头，但脸上暧昧的微笑代替了回答，手仍未离开他，她的手指轻轻转动，像是在说："真奇异！"

他离开闵的身体一点距离，这刻，她赤裸的身体，比刚褪掉衣服时更加动人，她的脸完全是一种亚洲的神秘，当她睁开眼睛，漆黑清澈，而有了这样的眼睛，整个身体整个生命就活了。虽然她的乳房和臀部没有西方女人那么突出，但她的腰和腹部却比她们都紧细，这身体太美妙，无可挑剔。

既成熟，又保持着青春的新鲜。

而她那奇特之处，几乎是在指责她自己所有的羞涩全是假装的，只要她一条腿稍稍屈起，诱惑就毫无遗留地敞开。

裘利安感到血液重新奔腾起来。刚过去不到十分钟，肉体的欲念又在强烈地撞击他。

他一触及她，她的身体就颤动起来，一副任他处置的无辜样，但同时，如层层花瓣有节奏地在包裹他，在呼吸他。

她的身体内部给他的感觉是水中丝丝的火焰，在不可能的地方燃烧，点燃了他全部的激情，就像她粉红的脸，一种非人间的美。他进入她后，感到自己是一次接一次在跳跃的波涛，他没法控制住自己，她的性把他的心揪得不能再忍，没几分钟，他又一泄无余。

裘利安喘息定后，感到饿了。他是中午到北平的，直赴闵的家，然后没用餐就到旅馆。他想找表看什么时间了，但闵的手拖住他："先吃饭吧,这儿楼底就有个好餐馆。"

"我听你的。"裘利安温柔地说。他脚踢到一件东西,是闵的漂亮的发钗。他把发钗插到她的头发上。

两人穿上衣服,一前一后走出房间。

裘利安原以为闵会为他的表现而失望,但她走在前面,步伐那么快乐,使他也兴致高昂起来。

闵不等电梯。她领着裘利安下楼梯时,将大衣的宽毛领竖起来,像一个别致的帽子,毛边白光闪闪,使她的黑眼睛非常生动。她在一楼找不到餐馆,迷路了。她的快乐洋溢在浑身上下,想遮掩都遮掩不住。在侍者的帮助下,总算到了餐馆,也总算找到一处满意的座位。

裘利安坐下来,闵在对面。桌上插着温室里养的一串海棠。北方中国真是美得叫人难以置信!他从大玻璃窗望出去,第一次好好地看北平,深蓝的天,冬日的太阳,浅褐色的地,浅黄的树,竹林是橄榄青,中国的松柏有如盆景的静穆,街一头远远可望见多层檐的古城楼,几乎和凯旋门一样高。出租车多,人力车多,各类轿车多,但西方人明显比青岛和上海少。

闵点了菜,也和裘利安一起往窗外看。这大旅馆斜对面的胡同口,有人提着竹篮叫卖小食,也有人叫卖蜡梅,一枝枝用谷草捆在一起,在冒着寒气的空气里,那金黄的花骨朵格外醒目。

"你穿长衫很好。"闵声音极低。

"真的?"裘利安看见闵在忍住不笑。

"很有趣,主要是你个子太大。"

她说着，突然用手盖住嘴，捂住一声惊叫，眼睛示意裘利安看窗外，一头巨大的双峰骆驼在马路上高视阔步。"北平这个古都，怎么有点像巴黎，街甚至比香榭丽舍大街还宽。"裘利安连连说，"太有意思了，太奇怪了。"

闵笑眯眯看着裘利安。她回到从小长大的北平，就换了个人，谈吐轻松，风姿优雅，神情全没以往那种矜持。他的手肘把一个碗打翻，滚到桌子边掉下地，她是看着的，来不及去接，也不想去接，或是有意抢接。碗掉在地板上，却没碎。

"你瞧我变得傻里傻气的。"他拾了起来说。

"好吉兆呀。"她抓住他的手，兴高采烈地。他们手指与手指相交。

裘利安在心里骂道，这家饭店，怎么每个席位隔开？他瞧着闵，想，真可惜，在这儿无法炫耀他的情人多漂亮。他敢肯定，闵是全中国第一的美人儿。

满桌子的菜：煎春卷、烧春菇、烫春芽、白莲汤、葵花豆腐、冬瓜虾球，味道各有特色。裘利安禁不住感慨起来，这类事应是父亲克莱夫做的，父亲怎么只懂得带个情人到巴黎去？他应当到北平来，找个中国情妇，才不枉度他的一生。

是午餐，也算晚饭？大概三四点钟吧，裘利安和闵手几乎没有分开过，她的手沁出汗，她的眼睛看着他，充满了渴望。

"你还不够，亲爱的，是不是？"裘利安问。

她没有回答，只是头一低，温柔地看着桌上的海棠花。她抽出手指,在他的手心滑动,他感觉到,她是在写字。他没能猜出是什么词,心里却痒痒的,热热的。

裘利安放下筷子,另一只手伸过去,抚摸她的脸,他也像她一样迫切。他感到他的器官又硬起来,顶着裤子。他说:"我受不了了。"

闵的脸绯红,沁出汗,她嘘声说:"我就这么看着你,高潮就快来了。"

他好像再也呼吸不过来,仿佛再坐下去一分钟,两人都会开始做管束不了自己身体的事。裘利安扔下钱,拉起闵离桌就走。从电梯里出来,他们谁也不看谁,像赛跑一样,往旅馆房间里冲。在冬季白天无人的走廊里,就开始解外衣的扣子。像变魔术,不知她如何解开那么多的扣子,门一关,她就一丝不挂地站在他面前,朝他举起双臂,踮起脚尖。

h 修行爱和欲

闵从羞涩中挣脱出来,变了一个人。她的嘴唇一张开,就咬住他的舌头,有点痛有点狠心,她的舌头在他的舌尖、每颗牙齿间探寻,好像是在说她以前没有能说的话,也好像是在问他,你认识的我,是这样的吗?

她到了他上面,由于直立着腰,她的乳房显出全部丰满。她的脸朝后微仰,手在他身上移动,突然抓住他,他呼吸急促。

她的脸色越来越红润,越看越青春年少,一个在性高潮来临前的闵,样子像一个刚知晓成年人把戏的少女。

她身体一起一伏,每一次升起落下,进入就更深一点。他清楚地看到她在柔缓地吞没他,把他整个锁住。

这时,他听见了她的呻吟,她的呻吟声很奇特,有韵有调的,像歌吟。他快乐无比。他忍不住也叫出声来,结束得舒畅利落。

千里万里来到这个神奇的中国,莫非就是为了相遇这个中国女人?

为了这样奇妙的一日之情,这样的性满足,一切都值了。

裘利安已经精疲力竭了。三次高潮后的畅快,转化为无法再忍的困倦。他闭上眼睛,像沉浸在一片温馨里。闵睡在他身边,侧着身子,把一条腿绕在他的腰上,双臂搂住他,几乎是吊在他的颈子上,脸轻轻贴擦着他的嘴唇。裘利安就这样睡着了,睡得很香。

朦胧中,他感到被母亲抱着。母亲刚把他从浴盆里提出来,擦干他身上的水滴,抱到床上,亲吻他,让他睡去。男孩在野外奔跑了一天,应该有个美好的睡眠。

可是,他突然感到下面硬了起来,一个男孩,是不应该硬起来的,他很惊慌。而且更让他羞不可言的是,下部好像进入一个柔软温暖的地方。

那是母亲?

他吓了一跳,醒了过来。发现闵在他身边,手臂和腿还是缠在他身上,他却进入了她的肚腹中。她抱着他睡眠的姿势实际是贴着他,让他自然地进入她,让他一面睡,一面和她……她的嘴唇嘘嘘地,好似在轻轻地哼着催眠曲。

看到裘利安醒来,闵不好意思地把头埋在他的胸口。但是,并没有让他抽出来。窗外映进房间来的光线暗红,天将黑。这疯狂的一天还将继续疯狂下去?

闵说:"你睡着了一样能做这事,真好。"

透进窗来的夕阳投射在她的脸上、头发上、皮肤上,她神气飞扬,光彩夺人。她为什么不在高潮后，好好休息？与裘利安不同的是，闵毫不疲倦，连想休息的痕迹也没有，相反，越来越精神，欲望越来越强。

裘利安撑起身来。面对他惊诧的神色，她害羞地一点点退出来。他萎缩了，隔了一会儿，他才又壮实如初。

该担心的其实是他自己——他从来没如此狂热地和一个女人这么做过，甚至，他好像从来没有性经验似的笨拙。闵，一个那么正经的女知识分子，一个原来那么羞涩中国的古典女诗人，怎么会是这样一个永远不会满足的女人？

"太疲倦了，"他想，"我恐怕会死在这个女人的欲望之中。"这想法忽然使他非常惊喜。不管应该不应该，这样的死法太幸福了，世界上有几个男人有这样的福气？

我会幸福地死去，而不是死在战场上，也不会死在刑审室里，吞氰化钾。

裘利安嘲讽地问自己：性，还是革命？

在闵美妙的裸体面前，他毫不犹豫地给性优先选择权。

幸亏我年轻，年轻真好，跟这个闵，连不举期似乎也无所谓了，只要这么被含着，他就会留在她的身体里。

他感到自己多么可笑，他是在一个裸体的女人怀中，而且在一个如此平和的城市，一个渐渐暗下来的晚上，没有什么可以值得担心的。因此，他又慢慢沉入半梦半醒之中。无论是醒是梦，我都在和一个美丽而神秘的女人交合。这新奇的经验值得骄傲，这感觉太好。

他终于醒过来，天已经漆黑了。他只抓到一堆有暖意的被单，盖在他身上。他一下惊慌起来，黑暗之中，不知身在何处，闵又在哪里？

他揉揉眼睛，完全清醒过来，才发现隔壁更衣间门底下透出些微灯光。他走过去推开门，闵穿得整整齐齐，绛紫绸的旗袍，正在对镜梳头，看到他全身赤裸地站在面前，被灯光闪得直眨眼，高兴地笑了。

他走上前来，一把抱住她，低下头来，吻她："你怎么在这儿？"

闵说："你怕我吓得逃跑了？"

裘利安不回答她，却说："晚饭要好好吃，这一整天已经到头。"他冲进浴室，匆匆地洗了一个澡，赶快穿上衣服，他有点害怕自己会忍不住又到床上去，要是他动作不够快的话。

在旅馆斜对面，是一家鄂菜馆。他们坐定后，小菜上桌。两个侍者，抬着玻璃水缸，五六条鱼游在水草间。闵点了其中最大的一条湾东区鱼，两侍者才躬礼退去。北平也能吃上海鱼，也一样活的先让客人挑，才送去厨房。他们喝着爽爽朗朗的米酒，里面加了几粒红的枸杞子，不太甜，却醇得滑润。

裘利安握着酒盅，脸上满是疑惑，不知如何开口好。

闵看着他，说："我知道，你很惊奇。"她的英语说得很顺畅，仿佛早就准备这番话似的。"的确，我是另一个中国女人，一个你不认识的女人。但不是你们西方人说的性欲狂。"

她说，她父亲是藏书家，收集了不少中国古籍珍本孤本，而母亲的陪嫁物品中有世间罕见的多种道家秘籍，其中有一本是手抄本的古代房中术《玉房经》，此书近世有不少书目学著作提及，但无人见到过。他爱书成痴，由此对母亲珍爱有加。更令他惊喜的是，母亲竟然对道家养生术有领会有修养。

两人整日整夜根据道家的玄学推衍的性交养身术，按书中所示修炼。

父亲对此极得意。中国古人说，买书如买妾，美色看不够。不过父亲的这次娶妾带书，双倍喜事。一个美丽的女人，如同一本看不厌的好书，况且这个女人带来的竟是如此好书。

但是母亲说，真正懂房中术的人是领养她的外祖母，她不需要看，因为她能背诵全部《玉房经》。她让母亲在结婚前也背熟了，并且传授给母亲真正的房中术要旨。这些经书，也需要独有慧根：不是能读到，就可得到要领。

母亲是个聪慧过人的女子，她对《玉房经》有自己独特的研究。

闵有一次向父亲要此书看，不料父亲大发脾气，说母亲不应该以此术传女。这本书，现在是他的独占品，决不刻印，决不传世，决不让人知。

父亲还说，一九二七年海湾南叶德辉来信，说爬也要爬到北平来，只要能一见这本书。父亲收到这封半威胁式的信时，这个叶德辉已经被在湖南农民运动中被抓起来杀了，要震一下全国的"土豪劣绅"。

叶德辉不会再来纠缠，父亲松了口气，却非常惋惜。说此人自居狂士，不知二十世纪是什么时代，刻印淫书，布告中说他是海湾南最大的"劣绅"，枪毙了，也无人申冤。其实他的收藏远不如父亲。

父亲有时坚持母亲带来的《玉房经》，即四千年前《纬书》所载，传说孔子亲撰；又说，这版本，是北魏时手抄晋人书。

但父亲又是个"改革派"，他以女儿成为"新派"诗人而自豪，房中术是他私人的修炼。他爱女儿，不希望女儿跟不上"时代进步"。父亲不高兴母亲将此书内容告诉人，亲生女儿更不应该传。为此事，他与母亲几乎翻脸。在闵结婚三年后，母亲突然去世，闵怀疑是大家庭中的阴谋，但是父亲不愿让警察局来追究。

在闵的教育上，母亲和父亲持相同看法，要把女儿培养成现代知识女性。因为母亲受父亲宠爱，闵也得父亲宠爱，从小受到特殊的教育，送到天津英国人办的昂贵的女子住宿学校。但从小，只要她有机会和母亲在一起，母亲就教她静坐、吐气纳气道家的基本修养。因此到教她房中术时，她很快知其旨趣。

裘利安听闵这一大套，几乎全不懂，而以前她谈中国新文学、新文化时，他全懂，而且，能做出自己的判断。闵和母亲同练的情形，两个女人的身体出现在他的脑海里。他不由得想起弗吉尼亚阿姨和她的女友维塔·萨克维尔-韦斯特，她们的恋爱可能太文雅。他却见过母亲年轻时，他五岁，母亲与莫莉·麦卡西两人在一起拍的裸体照片——在世纪初，只有妓女才拍裸体照片。她们俩怎么忘乎所以到一起拍这样的照片的程度，两人一前一后站着，母亲的身体真美极了。

"你和你母亲搞同性恋？"裘利安直截了当地问。

吊灯金碧辉煌，光投下来柔和。闵不接他的话头，举起酒盅，与裘利安干了一杯。她脸一发红，眼仁就黑得泛出蓝光。她看着桌上的鱼："鱼可炒、烧，但只有蒸最妙，有蒜姜，蒸时所用，之后除去。而甲鱼配八宝饭,这样吃,能除去胶汁液,增添鲜味解腻。"

侍者斟上酒离开后,闵才掉转话头,说她从十五六岁始,媒人就踏破门槛。父母亲认为她是新派女子,婚姻自己做主。她遇到郑时,郑在南开大学做教授,她已是一个知名诗人。考虑了三年,也就是她二十七岁,才决定接受郑的求婚。

郑是全部西化的欧美派知识分子,非常崇奉进步,听都不想听道家的"迷信",房中采纳之术更是中国封建落后的象征。她暗中在行房事时,在郑身上试一下,郑像中了毒,躺倒一个月,试验完全失败。此后房事不仅少,而且似乎走过场。她只能用习房中术自我修身养性,得到性满足。但按新文化标准,她的婚姻是成功的——文学教授与文学家的结合,算是佳话。她若与任何人谈她的不幸,别人都会认为她疯了。

与裘利安,是她第一次真正有机会试验房中术的修习。果然性事使她精神百倍毫无倦意,她惊喜异常。看来,房中术的确奏效。

"我这么说,一点也不像一个进步的现代知识分子。"她有些羞愧地补充道。

裘利安握住她的一只手:"你是二重人格?"

是这样的,闵承认,她实际上是两个人:在社会上是个西式教育培养出来的文化人,新式诗人;藏在心里的却是父母、外祖父母传下的中国道家传统,包括房中术的修炼。她一直没有机会展开她的这一人格,未料到在一个欧洲人身上得到试一下的机会。

"就是说,你从性交中得到生命力。"裘利安回忆,飞快地闪过今天的一个个场面。

"你真了不起,一点即透。"

"莫非这是性的吸血术?床上的德拉库拉伯爵?"

"喔,你以为我吸取了你的活力?"闵说,"我知道你们西方人难弄懂这一套东西。房中术是男女双方的互滋互补,阴阳合气。男人只要能学会这个对应方法,就会更有益,并非牺牲对方——你看我父亲就明白。"

的确,闵的父亲,七十岁的人,精神却像五十不到,笑声高扬,脚步有力。裘利安想说,我没有这种本领,不就是你吸尽了阳气的渣子?但是作为一个男子汉,这么说,太丢脸。不是老说男人把女人当性工具?他不承认这种说法合理。那么,他怎能抱怨做了女人的工具?笑话!

话又说回来,闵说的一套,无非是中国迷信,哪有此类事?完全违反科学。不过,很刺激,非常异国情调。今天是由于他长期寡欲的怯场,以后不会如此无能。他会输在这个中国蓝袜子的床上?

裘利安脸上一阵红一阵白,闵看着他,说母亲讲过,男人的器官,是吸取阴润之管,却细小难畅,不像女人,整个内脏可吸取阳气。因此男人难入房中术堂奥。如果深入,男女双方俱得益匪浅。

"不过,今天傍晚,你一直没有泄。秘书上说:一动不泄,则气力强,你现在不就气力很强吗?再动不泄,耳目聪明;三动不泄,众病消亡;四动不泄——"

他们两人都大笑起来。

裘利安说:"说下去,说下去。"

"中间就不说了,直到十二动不泄,那就通于神明。"

"我的上帝,这可真值得试一试!"

不过听了闵的这一番话,裘利安更糊涂了。今天傍晚,他实在太困,睡着后任她摆弄。清醒时,他不可能做到。于是,他反问:

"如果一直不泄,男的又为什么要性交呢?"

"'希欲女快意,男盛不衰',这是古书上说的。"

"那么说,性是为了让女人快乐?"裘利安说。他第一次听到这样明确以女性中心的性理论,觉得中国社会的男性中心主义,到了房中术里,却要求阳配合阴。

喝干一盅酒,趁着酒性,他直截了当地问:"那么,你今天有过几次高潮?"

"几次?会术法的玉女,不论次。今天——"她突然停住了,然后非常害羞地说,"今天,我几乎一直在高潮上,七八个小时飘浮在高潮上。"她舒了口气,"像风吹起的云一样飘在空中。这是我有生第一次。不过,房中术说够了,裘利安,我们互相快乐就行了。"

她放下筷子,深情地看着他。

裘利安不由得想,这房中术真是一件太美好的事,也看着她。他们的手握在一起,又湿又热。这一整天疯狂的做爱,他还想将之继续下去,在尽快结束吃饭、尽快回到床上去之前,他不能放开闵的手,仿佛黑暗会悄悄偷走她。生命真好;有闵的陪伴,生命更好。房中术就房中术,哪怕在床上再次输给这个中国女人,他也是英国历史上第一人。

这次他们都很沉着。他们脱光衣服,平和地搂抱在一起。夜深了,旅馆虽然开着暖气,还是稍微有些凉。闵不断地给裘利安掖好被子,而裘利安老是想掀开，看她的身子。壁灯全开着。他回想起那些牛高马大的英国女子，那些早早发育了的女孩子，也早早衰萎的妇人，不是太胖就是太瘦。而闵的身体圆润，又苗条，不知东方女子的身体如何能将这二者兼容于一体。

他感到他和闵已经很熟悉，已经很亲密，一个眼神，一个动作，一种声音，就能心心相通。

裘利安说："教我，怎么再次不泄？"

闵手搂住他的脖子，说不知道，她不是男人。"书上叫倒牵白牛，怎么做？写下来，读出来，不会还是不会。所以外人难窥其真谛，各人只能自己体会。"她说裘利安若练，会比常人得道容易些。

"你怎么知道？"裘利安说。

"凭我的内在感觉，"闵又脸红了，"试出来的感觉。今天不算。以后，我们一起练，好吗？男无女，女无男，均可后患无穷。反之，男女俱仙。道教经典认为，能御十二女，令人老有美色。"

"那么，我不愿永远活下去，有了你这个K就够了，也不用再多加一个，就此停住？"

"不是，"闵笑了，"一夜十二次！"

裘利安想到了罗杰·弗莱，他心灵的父亲。罗杰在剑桥讲美术史时曾说，他真愿意几个学期全部用来讲中国艺术。他心里对周代青铜器充满宗教般的敬畏。西方传教士们根本不懂，中国人关于恶的观念，半是玩笑，一半时间他们不把罪孽当真，一半时间当真。周朝青铜鼎上的兽纹、兽雕，为什么那么美？年代越久越能显出它的魅力？因为铸匠与其妻子在炼制的关键时刻，会双双跳进熔化的金属中，仅使青铜器得到完美的阴阳配合。

中国人为生命的艺术，可以不惜生命。

现在他懂得了罗杰奇怪的结论。

你也知中国的阴阳，也懂一点儿合气。由人到物，一通百通，她挑战地问他：你愿跳进熔化的金属中去吗？愿和我一起跳入求死的火中去配阴合阳，敢吗？

裘利安喜欢有刺激性的挑战，从来如此。他的英国法国情人在床上只会说你爱我，我爱你，简直缺乏想象力。东方古老年代的事，而今让他碰上：与闵。

他高声答应着。

他一亲吻她，就不肯结束，一亲吻，他下面就想进入她，当他们进入对方时，一切进行得非常自然快乐。当闵在他身上，双腿跪起，夹紧他腰时，他才注意到，她兴奋时，乳房的样子完全变了，她的乳头弹出来，像反扣的中国陶瓷茶碗一样，乳尖就像茶碗盖的盖头，嫩红中带一点赭褐。

他一直就在生命中找一种色彩，一种他能感觉却说不出的颜色，却从未成功。母亲的画室，混乱得多色多彩，壁炉四周，都画着裸女，但乳头的色彩怎么看也觉得不对。因为找不到，心里一直难受，这时，他的这种感觉没了。

他和闵的身体一起飞升，一起下坠。她的乳头四周大片乳晕渲染着这种色彩，汗珠在沁出，细小晶莹，一进入他的嘴，乳头就在增大。跟西方女人不同，她喜欢闭上眼睛，眼睫毛密密一排，她的耳朵也生得巧到妙处,显出她的脖颈颀长。他就是不敢多看一下她在性高潮中神游飘荡的脸,一看就会控制不住自己,他知道这点,却不由自主地看着。

她用手遮住他的眼睛,牙齿咬着他的耳朵,慢点,忍住。但是这动作太性感,效果相反,他冲到顶,在燃烧着的一片火焰中,堕落到底。

他笑了,倒牵白牛,不知哪个男人能做到?在这个中国女人身上。

父亲克莱夫不在这儿,裘利安突然又想起他来。他没到中国来,弄一个中国情妇,真遗憾。我比他强,拥有中国最漂亮的女人,没有谁有我幸运!如果我能在被这个妖女弄死之前,学会这该死的中国房中术的话。

不过何必如此想呢?

能被这样的妖女弄死,恐怕我也是全西方最幸福的男人!

完事后,他清醒多了。这个在他怀里快乐地蜷缩成一团的肉体,明显只是喜欢他的性,拿他做性工具,没有复杂的连带问题,纯然的性,这个女人需要尽情地采阳补阴,保持青春美貌。这不坏。正中下怀。看来不会剥夺他的自由,简直太完美了!

他一直害怕爱情,有了爱情,脱身麻烦。他注意到,闵始终没谈到爱情两字,无论英文或是中文,甚至高潮来到时,也没问他:"爱不爱我?"虽然这是每个女人都会虚荣地过一道的公式语言。闵避而不说,不太自然,但很好。他来北平前在青岛的担心,没有根据,也没有必要。有性就行,有性就去。如果爱情不来为难他,他也不愿打扰爱情。

i 中国丝绸

一到晚上,街上别有一番风味。北平人爱在门口插上幌子、旗帜,写着店名或吉祥福禄的字词。孩子们提着小橘灯,大人提着灯笼,当地居民卷舌的滑润口音,老远能听到,走近了听,却像唱小曲儿。店铺除了书法字画,有挂轴,墙上还有大扇子。不像南方,老有雨水,北平的冬天总是大晴,夜晚天是深蓝的,非常安宁。

闵不是每夜住在旅馆,有时住家里。家宴时,父亲问她什么时候回青岛,她生气回到自己房间。她说,北平西洋人少,即使在西洋人开的旅馆,也易招惹。好在是冬天,可以把脸包裹在围巾衣领里。闵也可能担忧父亲的妻妾多,风言风语,好生是非。但是都知道她受过现代高等教育,名诗人,与外国人交往多。她住在裘利安的旅馆时,给家里的理由是住在朋友家。可是在北平,熟人朋友多,她一概回避,没心思见人。

白天天也蓝。进了公园,人少了,市嚣也轻了。他们准备爬景山。

闵说:"登高可以看得很远。多少代皇帝在这儿安都,多少宝物埋藏在地底。"

裘利安说:"干吗不去偏远点?趁人掘古墓,拾点什么,拿回英国,给母亲阿姨他们亮亮。"

"好主意。我们今夜就去。"闵说,"做梦去。"她今天是富贵人家小姐装束,青缎子裤,花边是海湾绿,镶了银线,高吊两肩的袄子是嫩黄绸缎,夹棉,衬出她的腰身。脚上蹬着皮靴,却是旗人式的,尤其加上她梳了辫子,盘在脑顶。在北平,她的打扮天天变化,使裘利安眼花缭乱。

那已燃烧了三个月的性欲,在一天一夜里得到足够的宣泄之后,闵开始带裘利安游历北平,只是将在床上做爱的时间,分了一部分在旅馆外。裘利安想,她这么做,一定是觉得他离学会房中术还早,不能对他要求过分,至少不能让他对性害怕,或是真的病倒垮下。

闵指给他看一棵古树,说是明朝最后一个皇帝在农民革命吞没北平时吊死的地方。裘利安没看出这树和其他树有什么不同。像回应他似的,一转脸工夫,两只黑乌鸦就在光秃秃的树枝上叫唤。

"冬天,就拥来许多鸟,乌鸦最多。"闵说,"乌鸦不叫,就不顺;若叫,春以后就顺。春天就会有喜鹊叫,闹喜。"

"乌鸦喜鹊合在一起叫是什么意思?"裘利安问。

"不会吧?"

"我真的听见喜鹊在叫。"

"我以为你在开玩笑。这个我也不知道。"闵拉着他一口气爬上景山亭子里。这儿算得上北平的制高点,四下望去,整个北平一览无遗,气派恢宏。

故宫一重重城门,一直到前面的天安门,整齐得像棋盘。整个北平也是个大棋盘,东城西城隔中轴相对。往西北城外,颐和园,万寿山下水面上,一座座白玉桥,色亮瓦亮的建筑。

登高好,登高不仅看得远,登高还阳光充足,裘利安满眼是风光。

这时,闵说其实今年冬天北平比以往都暖和,雪早早化了。

裘利安点点头,的确没书上介绍的那么冷。

他觉得中国人真懂得生活舒适,连建筑也是追求最美的色彩,花园是最清雅的格局。消夏行宫、故宫、十三陵、万里长城,一个个云蒸霞蔚,气势雄壮。谁有中国皇室会享受,有胆量把建海军的银子修颐和园?真是好主意,不然这个花园就沉没在海底。

不仅是皇室,那些豪门,一有钱势,就亭台楼阁,垂柳依依,水面浮荷,房内必然妻妾成群,莺歌燕舞,想的首先就是怎样获得生前的生活乐趣。而他虽然只有一个情人,却是做爱时花样永远变化不断,似乎变成一系列女人,相比多妻多妾的中国男人,他应该满足。

闵挽住裘利安,手插入他大衣口袋,这儿没人,她神情放松。在市内街上,她总是不肯走在他身边。"你冷吗?"闵边问边解下自己的海湾蓝色绒毛围巾,踮起脚尖给裘利安系上,一端在前,另一端留在背后,这个围法比较雅致。

她真的也不怕冷,灿烂的阳光下,她的嘴唇和脸冻得红红的。她美丽又高雅得使人心动。她穿得轻巧，穿得精致，使身材毕现。

石阶长而陡，她走起来比他还爽快。下到半山腰，他得停一停。这透明的蓝天，这褐色的枯树，这依旧碧绿的松枝，这铺了轻轻一层白霜的假山和草地。闵说过她喜欢北平胜于青岛，他也一样。北平有闵在身边，就全不一样。

他将这心情告诉了闵。

闵微笑着说，"你在课上讲移情，敢举这个例子吗？中国古诗说：我见青山多妩媚，料青山，见我应如是。古人是专为你裘利安写的。"她笑起来，声音脆脆的，感染人与她一起笑。

多了不起的女子！闵，天然又敏感，充满智慧，心地善良，还有中国人里少见的幽默感。她勇敢，双手牢牢把握住生命，那么懂得让男人快乐，同时也让自己快乐。

裘利安有他的判断，如果她真是我所认识的最迷人、最让我喜欢的一个女子，那么，她也会是母亲最中意的媳妇——就因为她两个人格，床上使他高兴，桌上使大家高兴。

裘利安好奇地问闵，哪来那么多套不同的衣装？闵说，其实几乎都是婚前穿的，存放在北平家中，有樟脑护着衣服不被虫蚀，穿前家里用人用香草熏过。

裘利安打量闵，这个中国女人越来越陌生，陌生使她神秘，使他惊喜，闵的眼神和步态，越来越让他着迷。当然，最主要的原因是她脱掉了女知识分子的公共式服装，即便是她穿着一向不俗，但也没有这典雅又华丽的富家小姐的装束更适合于她。

"在这儿,哪里可买到这种缎子?"裘利安问。他摸着闵夹有棉的绸缎,心想什么样的女人肉体可以裹在这么舒服、质地这么漂亮的颜色里?

闵把他的神色看在眼里,顿了一顿才说:"我这就带你去。"

他们直接奔最大的布庄,在大栅栏闹市区。两人跨进高高的门槛,布庄老板热情地迎上来。

裘利安只让闵点头,他眼睛往丝缎上一扫,就买了五匹绸子,各种花色的,闵身上的那种竹梅兰花缎他要了两匹。"可否寄往英国?"他问。

"没问题。"布庄老板和闵几乎同时说。

裘利安接过布庄老板恭敬递上的纸和笔,也不坐下,就站着写上母亲英国的地址。

闵对布庄老板说:"钱算在我名下。"她开了钱票,货费加海运费。裘利安没有抢着付钱,不仅是因为他语言不通。闵已经明白攻势的突破口应当在哪里。看到他沉默不语的样子,闵说:"西方人是不争的,对吗?抢付账单是中国人的怪脾气。下次账单你付就是了。"

裘利安意识到中国虽穷,中国的殷富人家,还是比他这种西方知识分子家族阔绰得多。北平的富丽超出他的想象,让他看花了眼。

布庄老板点头哈腰,用破英文说:"有点礼物,不成敬意!"他谢裘利安今天给布庄做了一大笔生意。老板将店堂里两个做工考究、橘红底色蓝底银丝的玻璃鱼,作为礼物送给裘利安,并且保证安全送到英国。

裘利安写了两个地址，除了母亲，加上弗吉尼亚阿姨的。老板看准讨好这个洋人，这个美人才会高兴。

闵向老板轻轻一点头，表示赏识。穿过街两旁楼房的阳光正照在她身上，她的安详和高贵，像舞台上的女主角。

他们走出店门时，裘利安突然觉得，他作为西方人的骄傲可能真是空虚得很，他颓丧地看着路，不作声。闵看着他，眼神是姐姐对小弟弟的疼爱。

"别不高兴，送货人，我写的是你的名字，你母亲不会知道。"

她想必知道他在写信时，从来不会隐瞒这种事。他知道，她这是在提醒他，她没有强加于人。

阳光很好。

两人在大栅栏中心街慢悠悠走着，闵有意保持一段距离，落在后面。他们都爱阳光，也爱看店铺装饰各异的橱窗。小女孩的棉袄花俏，细眉细眼，可爱极了。街上卖花的女孩，居然有好几种货。

"春来早了。"裘利安说。

j 试妻

戏院已坐得人山人海了。闵弄到两张前排的票。京剧,这出戏非看不可。为什么?因为不仅男主角是名角,还是天下第一美男子,嗓子好、武功好,扮相好,女人摸一摸他的手指就会晕倒。风闻所有的女观众看完他的表演,都会在座位上遗下湿印,兴奋到这个程度!闵在床上说,不在床上时,她说不出这种话。说完两人大笑,笑得肚子痛。

中国女人有如此强烈的性想象!裘利安不相信,他四周观望,来看戏的女人都打扮得花枝招展。幸好,现代知识分子是不看旧戏的,闵说,尤其不看今晚的戏:不会有熟人。

"我倒要看看,看你身体如何反应?"裘利安对右边座位上的闵耳语道。但是戏院里观众说说笑笑,很闹,耳语听不清。

他等着开幕。

但是没有幕。舞台根本没有前幕,只有绛红绒布的后幕,台上放了一张桌子一张椅子,而舞台中间是一口黑漆的长方盒子,中国式的棺材。

锣鼓齐鸣,戏开场了,戏院座位上的灯却不转暗,喧闹异常,直到角色上台才略静下来。一个美貌的女子,一身素衣,披麻戴孝。寡妇带哭声唱出来,声音尖细。

这是古时楚国道家大师庄周的故事,闵轻声在裘利安耳旁解释。丈夫庄周长年在外未归家,察人间世态,观日月风水,以求天道。妻子左盼右盼,没想到待夫君回家乡,却是一口棺材,他暴病身亡,狠心扔下她。庄妻悲痛欲绝。

舞台上出现一翩翩青年男子,他一亮相,眼珠一转,一声叫板,台下哗哗哗一片掌声。坐在他们身旁的人大声叫"好——",声调还拉得很长,使裘利安非常惊奇。台上那男子羽扇纶巾,迈方步,逡巡全场,道白一字一板,拖着长音,自称楚国公子,是庄周的学生。奉楚王之命,请庄周出仕,不料晚到一步,因此对棺材里的老师一拜再拜,跪倒。他又对庄妻作揖。

中国戏剧实在新鲜得很,舞台布景太简单,只有一桌一椅,比法国布景大师古坡大胆的最简主义布景更胜一筹。演员的唱腔尖锐刺耳,胡琴声太亮太响。但是,他们在舞台上走动如舞蹈,这不只是歌剧,应当叫歌舞剧,而且是全靠象征手法的歌舞剧。

楚公子步态举止风雅,他牵着庄妻的纤纤素手,然后,又打量庄妻,由上而下,每下一寸,都有一声木鱼,节奏分明地敲出他眼神的舞蹈。他从庄妻的绣花鞋摸起,一寸寸摸,每一寸都有一声小锣。两人一来一去,脸都朝着观众,因此秋波要横飞。他们的动作夸张而刺激,长袖在抛洒时，擦过脸颊，锣鼓定声定调地帮着，这段调情是好长一段舞蹈。

台下观众，无论男女都笑着鼓起掌来。

公子的眼睛递过火种，庄妻脸上丧夫的哀伤逐渐消退，捉手，戴玉环。到庄妻爱上公子，双双对舞合唱，山盟海誓，"在天愿为比翼鸟，在地愿为并蒂莲"。

台上公子突然倒退三步，喊头痛，一个巧妙的后翻，锣鼓铙钹紧鸣。庄妻惊慌失措围着公子唱，舞着双臂，摆动着袖子。她的声音哀怨，比丧夫还痛苦十分。公子抬起头，他得了怪疾，他有理由在台上连翻十个筋斗，表示痛得死去活来。然后，舞台上走进一个小跟班，双手递给他一碗茶，让他坐在椅子上喝两口。

裘利安说："你不是说这戏从头到尾只有两个角色，这里怎么钻出来一个？"

闵说："这不是。"

裘利安不明白。

那人端着茶碗下去，公子在庄妻怀里唱了一段，言称只有人脑才可救治他，否则难逃一死。庄妻急得问他，到哪儿去弄人脑？公子伸出抖动的手，指着屋子停着庄周的棺木。庄妻吓了一跳，惨叫出长长一声啊呀，气如此充沛，台下又是一片热烈的叫好声。

裘利安问："为什么她那么害怕，观众还那么高兴叫好？"

闵说："这是叫假戏好，不是叫真戏好。"

裘利安说："你说什么？"

闵说:"哎呀,你们西方人太傻!"

庄妻脱了孝服,只穿单薄的舞服,拿着亮晃晃的斧子,身轻如燕,在舞台上绕圈,圈子越转越小,绕着丈夫的棺木转,最后举起斧子,要劈棺。

棺材盖自动打开了,从里面跳出庄周,明显那就是楚公子同一个演员,连装束都没有换,趁观众不注意时,从幕布后钻进棺材。庄妻知丈夫原来在试探自己的忠贞,设下计策。然后是庄周与庄妻的对唱,庄周太理直气壮,庄妻只能用袖掩面,最后拾起惊落在地上的斧子,要自杀。庄周竟然也不挡她,还让她拿着斧子比画着脖子唱上一大段,之后一斧倒地。庄周得意地向欢呼的观众谢幕,倒在地上的庄妻也跳起来谢幕,动作依然很诱人,又扔了个媚眼,这次是朝自己的丈夫。

裘利安和闵在欢呼声里离开座位。过道铺着红地毯一直延续到戏院的大厅。

"这些观众怎么乱糟糟的?"裘利安说。

"你说戏场太乱?中国戏场一向这样。台上能喝水,台下能招呼朋友。"

"不,我是说观众的道德标准怎么混乱到这程度,寡妇调情也欣赏,寡妇自杀也认为应该?"

"咳,"闵说,"只有道德,戏还怎么演?只有调情,不就翻了天?"刚说完,她就不作声了,取下眼镜,放进盒子里。这只是一出短戏,下面有长剧,可两人都没兴致再看。裘利安在门口叫了出租车,司机问:"上哪儿?"

闵说:"让我回家吧,我头痛。"

裘利安想起京剧,觉得实在太美;想起剧情,却实在笑不出来,这天晚上他们情绪都低落。送闵回家,出租车再送裘利安回旅馆。裘利安觉得如此下去,自己岂非也要得狂疾?不过,他知道闵是一等聪明的人,不用讨论这个问题,她会想通。况且,他不好意思地想,他的确太疲倦了,得休息一夜。

第一次见到艾克顿爵士

第二天,闵没有来,他们约定的时间,最迟上午十点。中午也不见人影,裘利安一人就到楼下餐馆吃了饭,也不想待在旅馆等她。想起伦敦的朋友,让他去找在北京大学当教授的阿罗德·艾克顿爵士,他决定去会会此人。

艾克顿住在一个胡同里,四合院的平房,好多间,院子里有树木长凳,门窗明净,很舒适。见裘利安第一眼就说:"我怎么觉得是罗杰·弗莱?你和罗杰太像了。"

裘利安本来想说很抱歉,未先预约,但见艾克顿对他们这个圈子简直太了解,说那话就太生分了。

进了客厅,屋里有一个中国青年男子。艾克顿介绍说这是他的学生,姓程,他很亲热地和程说了一些中文。从他们的举止眼神,裘利安一下就明白他们是什么关系。艾克顿见他在注视,有点不好意思。裘利安却报以友好的微笑:他同性恋见多了,与母亲同居的邓肯,经常带男朋友来，有时带来魁梧的年轻水手。早晨偷一幅画走，幸好他们不识好画。连孩子们都知道，老远见这类人来，就开玩笑在房子里喊，又有强盗来了。

艾克顿和程听说他在国立青岛大学教书，说认识郑教授，还有诗人闵，不知道他们回北平没有？应当会会北平新月社的人，尤其一批新出的诗人，好多在艾克顿班上读书。太巧，又碰见新月社的人！裘利安当然没有提闵就在北平，但是此人对中国这个圈子也知道得太多。

他想借口说约个时间下次再来，就站起身来。

艾克顿说："还没喝酒，怎么就走？"

"喝酒？"

"对呀，来来，你一个人在北平冷清得很。中国话：酒逢知己千杯少。"艾克顿说。

程去厨房安排酒菜。

艾克顿说自己差不多已经是个中国人，他的眼角喜欢往上飘。他告诉裘利安，北平有不少西方知识分子，还有你们剑桥的著名批评才子燕卜荪。不像其他城市的西方人，不是商人，就是牧师。艾克顿和他们一帮人昨日刚从离北平城不远的承德山庄回来，以前皇帝避暑的行宫，冬天打猎，那儿是好地方，古树参天，古寺庙森严，钟声悠远。看来，这些英国人很适应北平，生活过得有滋有味，他们乐不思英国。

不过，裘利安感觉，这个艾克顿虽然自夸成了中国人，但还是很寂寞，跟他此刻一样。

艾克顿带裘利安去另一间参观他收藏的中国古画古玩线装书。在院子里艾克顿停了下来,对裘利安说:"北平是地球上最后一个天堂!当然,你说这是因为我的偏见,自我放逐。可是在道德主义的西方社会,除了你们布鲁姆斯伯里那一帮自由主义精英,谁能不顾社会舆论,我行我素呢?"他长叹一口气,"日本人越逼越近,一个多月前,十二月份,在这里进步学生闹了一场大规模示威游行,以抗日为名,逼政府放弃对红军的'追剿'。青岛也闹了吧?"

裘利安摸摸额头上已看不见的疤痕,没有作声。

"日本人,共产党,"艾克顿摇头,"天堂日子还能有多久?"

1 让我们上香山

一早裘利安还在床上,闵就来了。他昨天在艾克顿那儿喝醉,隔宿酒劲,头很痛,闵不由他分说,言称马上就给他治头痛。她租了车来,要他赶紧穿衣。

恐怕我一生也不懂中国,裘利安想,尤其是中国女人。

闵迅速和他和好,不解释不纠缠。天下绝景,美女佳馔,不老不死成神仙的道教房中术——他完全给北平迷住了。甚至对店铺大红大绿大金大银的俗气也不讨厌,送丧哭声凄厉,冻死在夜里的病狗,主人在街角悲伤,一辆辆马车,那响在空中的鞭子声,都让他激动。

一天没见她,见着她,他一高兴,连一点怪罪的心思也没有。

他们来到西郊的香山温泉,走进闵开的一个单间时,裘利安想起了艾克顿。我不也一样吗?当裘利安一把抱起闵走入冒着热气的温泉浴池里,不仅不思念青岛,连英国也不愿归。

不过就一天没做爱,他的身体就饥饿得慌,一抱住闵的身体,他的身体,就不再受他支配,每个器官都变得不认识了。他只得双手松开闵,两人一起往水里躺。这浴池巨大,池底倾斜,泉水最深处齐腰,浑身烧灼的情欲,沉浸水里,越发难忍。他想自己就是一个中国帝王,有三宫六院三千佳丽,他以帝王的眼睛审视闵:在水里的闵,比穿衣服漂亮多了,全身上下,一点多余的肉和线条都没有。他看得见她光洁如玉的阴部,在水里更加鲜艳,顺着他的手一托,臀部冒出水面。他的手不肯离开,一直在上面滑动。"西方没有这样的女子。"

他漂散开在水中的体毛,与闵全身的光洁成对比。闵看着笑起来:"中国没有你这样的男人。"

他的头痛早已不知忘记在何处了。

闵在水里抱住他,说:"你慢慢来,我们有一整天。"然后,她解释,"像我这样的,在中国女人中也很少。《玉房经》中,称我这样的,叫'入相女人'。还有描写:'凿孔居高,阴上无毛,多精液者,五五以上,未在产者。'你看我每个条件都符合,甚至年龄都正好。书上说与入相女子性交,男子者虽不行法,得此人由不为损。所以你别害怕。"

"我怎么会害怕?"裘利安反驳道,他的手又滑到她那儿。

"也别惊奇。"

裘利安埋在水里,吻她,然后抖动满头发的水:"我不是男人,我是一头温柔的狼。"

他用手分开闵的双腿,顶入她那等待已久的身体。

她欢快地说,带他来温泉,是因为"沐浴"属道家养生功的一种,母亲教过她,但她从无机会实践。没料到果然如经书上所言。他一动,便把泉水抽空收束,又突然推进,热乎乎地压入她的体内,一直压到心口,她感到全身快要融化了。

她的脸在水面上,看得出她的高潮说来就来,满脸是彩霞。她的眼光恍惚,双手从裘利安的脖子,移到他的腿上,用力地按动。她的声音开始含糊,恬静,变成了呻吟,又是那种歌唱一般的呻吟,渐高渐低。裘利安只感到声调奇异的悦耳,她在进入一种新的快乐境界。

和他以前听到过的有点不一样,他也觉得自己在意识与梦境之间穿行,先是被她带着滑翔,后是他跟着她腾越在峰浪之上,顺潮而行,优美而洒脱。

"快乐!"裘利安从心里叫出。罗马人早在公元前就知道把浴室弄成最享受的地方:有蒸汽,有按摩,有性放纵。墙上有色情的壁画。他感慨,他不知道他竟然能在北平享受庞贝古城罗马贵族的奢侈,更不知道这种浴水性交,给女人带来极大的快乐。

不管怎么样,裘利安感到他就是一个罗马贵族,在与他的情人作乐。而他的情人比任何朝代的性奴隶都更美丽而热情奔放。

他现在不再是一个布鲁姆斯伯里的知识分子,他不再是贝尔教授,也不是英国人,而是一个形象,一个纯粹形态的阳,与一个纯粹形态的阴交合。"千人万人见我喜悦,急急如律令。"闵的身体带着热水,缠绕他紧又密,就像滑柔的她,带着水在他身上波动。他实在无法忍受如此强烈的刺激:这次他高潮来得长久,但猛烈,直到清澈的水中,那似胶型的水生物向水面上浮起。

灯光幽暗，闵穿上黄玫瑰花睡衣，日本式的。她没有系带子，任衣服自由地拖地，她的身体各个部位若隐若现。她站在裘利安的对面，长发披肩，仙风道骨地。

裘利安斜躺在榻榻米上，枕头垫得很高。今夜，他们就住在香山这家带温泉的旅馆。

不知何时，月亮跃到天空一边，清清朗朗。窗帘大敞，月光太亮，把房间照得像个仙窟。此时，夜深人静。闵说，古人认为这是练功求道之好时机。

她陷入回忆，以前母亲也是这种时候叫醒她，让她的身子承受天地的精露，常常在后花园假石山莲花池旁。有月光，沾天光，有湿气，沾地气。承想若偏了就会串性，女会练成男，男会练成女。所以，女子承想的对象得是阴性雌类，男子则相反。这样会神思专注，有自己的神保佑，不走火入魔。

"为什么你在交合时唱歌？"裘利安问，"而且好像每次唱的不太一样。"

闵说："我不会唱歌，这叫啸，是女子的气性自然发生。既是结果，又是方法。就像原始森林的波动，就像原野的风。其声或许如歌如吟，但没有可记的曲调，无法教也无法学，而且因为自然而然，顺气而发，每次不会重复。"

她后退几步，离他更远一点，就地盘腿而端坐，身子挺直，双手放松地搁在胸前，莲花指状。裘利安觉得她的身体是一团金灿灿的莲花，性感而诱人。

他起身靠近,闵用眼睛禁止,他便就地坐下。

她一边习功,一边低声说:用竹叶、皮桃肉煮水沸腾,待温热适度时,脱衣入水中,让体内体外污秽之气排除,这是最普通的沐浴。她最喜欢用朱砂、雄黄、雌黄各三分,捣细,用棉纱布装好,塞入双耳,第二日中午,日上山顶,用新鲜水沐浴。但她喜欢干浴——闵边说边做,看起来像自行按摩,但复杂得多:双手从眉间与眉里之两角处,人中之上两侧,遍摩脸部,各九转。用指尖梳发,往身体下延续,双掌托住乳房,手指尖上做花样的拨弄,最后延到下部位置,有更叫人目不暇接的复杂指法。

裘利安认为这只是女人的手淫,不过,仪式化了,就神秘起来。就像她的所谓的"啸",不过是更令男人兴奋的一种东方女人遮耻的"叫床"方式,一旦仪式化,连闵这样的知识分子也不会害羞。

随着她的自我按摩动作,她的睡衣敞得更开,最后落在地上。她又赤裸了,但与以前不一样,她人在房里,神却不在,好像她的灵魂正在脱壳而去。

她脸上出现一种神定气住的满足感。他完全相信,闵在遇到他之前,一直就是用这类方式自我满足性欲,或者说,由于房中修炼,所以她才把青春保持得这么完美。

他突然觉得闵很可怜,没有满足她的男人。而且他害怕闵突然消失,这两种感觉一下抓痛裘利安的心,抓得很痛,他只有上前抱住她,心里才感到好受些。

这令他很惊异，他怎么会对她有这种超出性之外的感情？他一向不愿和女人有性以外的关系。最好做完就结束，各奔东西。他喜欢为性而性，只求乐趣。现在他惊奇地看到他走出自我设禁。

这个在他怀里的中国女人，要知道多少年来，她就这样练气咒语，与道教的邪门歪道一起孤独地度过岁月，漫长的少女时期，婚后的日子，也是一样从身体到内心寂寞。三十五年，这一年该三十六个年头了！裘利安比谁都明白什么是孤独，什么人的孤独才算得上孤独。

他初有记忆，几乎是在襁褓里，父母阿姨叔叔们在另一大房间里高谈阔论，吵闹不休，笑声不断时，他一人在小床里，他就以哭声来抗争他被抛弃在一边的孤独。他独自承受黑夜，包含着暴力的风，春天最厉害，能把橡树连根拔起。母亲有时似乎听见他的哭声，就会让整个房间的人停止说话，要听明白。弗吉尼亚阿姨说，自从他降生，布鲁姆斯伯里集团就像有一个小魔鬼诞生，全得听他的哭声。

就像眼前，为什么他来东方冒险，和这么一个中国女子一再幽会，只有一种解释：他的孤独，她的孤独。他们都害怕孤独，他们需要对方的心。幼小时，如果哭声无用，未引起母亲的注意，那他就只得停止哭泣，双眼绝望地看着空空荡荡的屋顶，忘记所有家具的形态，窗外天空的色彩。

m 螃蟹的美

夜里下的雪，到上午就停了。雪的反光使人和房屋更美，添了一层明亮。他们两人坐着马车，行驶在这年二月新雪尚未被人清扫干净的街上，两旁整齐的白杨直指天空。裘利安黑大衣黑呢帽，闵却是蜜桃色套裙，外面一身枣红氅衣，她的头发全扣在帽子里。或许雪光寒冷，或许由于阳气滋润，她的脸颊越发透着青春的光泽。一黑一红的两个人，戴了一黑一红的手套。

在出门之前，裘利安前一个晚上和这个清晨都坐在桌前蘸着墨水写诗，扔得桌子四周全是纸团。寒假就要结束，回青岛的日子临近。闵要回家安排仆人买回程火车票。

很好，闵记得回青岛的日子，而且她自己在做安排。如果她不提，裘利安也不愿提，如同没这件事，仿佛他们在一起的日子永远不会结束。青岛的家庭和工作之类责任，根本不存在一样。

雪的白，闵一身的红，非常扎他的眼。

艾克顿那发自肺腑的感叹：北平是地球上最后一个天堂！他想着这话，眼光扫过路边小孩堆的雪人，堆得太大，正在渐渐倒下。从大街转进胡同，挺宽绰的胡同，有卖艺人牵着猴子耍把戏，猴子套着一件怪里怪气的花衣服。

"你属猴？"几天来，闵都是高兴的。

"难道我天性不愿安宁，成天就想折腾？"裘利安说。

"海湾山移易，一个猴子……"闵声调压低，"属猴就比我小八岁啊！"

她这是什么意思？

裘利安没有回话，她在暗示什么？整个在北平的日子，她都是快乐而达观，可爱极了，除了那次看劈棺的戏，那是例外。但是，他们从未谈过长远的事。这样，反而使他有点不安了。他不能主动先谈，闵怎么想的？她是否就等着他先谈呢？

揣测不了。

这个闵真能沉得住气。不必问她，他就清楚，她当然想谈，但越是想谈的题目，越是能闭口不言。

中国人真的只管扫自家门前雪，堆在院墙边的雪很高，胡同里岔道，人行走的脚印又黑又深，有的地方开始化雪了。卖冰糖葫芦的小贩经过，踩在泥浆似的雪里。闵叫车夫停一下，她买了两串，一串给裘利安。

裘利安咬了一口在嘴里，脆生生的酸甜。闵笑了，说她就知道他喜欢这种小甜食，而且全国只有北平的，才真正好吃。

马车驶远，载着闵回家。裘利安从胡同口，依着门牌号数朝里走。

阿罗德·艾克顿爵士等在大院门口，系着一条粉红的羊毛围巾。裘利安有点不安，他站在门口等着：他们俩原先讲好，在里面等。

艾克顿说他想起，仆人不认识裘利安，不会让他进。

这家大院主人是齐白石老人，艾克顿说："白石头老人，名字怪，对吧。德国人最赏识他的画，这是本世纪中国画坛第一大师。"

裘利安敲的门，仆人打开门，见他，果然不理睬。见他身后的艾克顿，忙点头作揖，直道歉，说不知道这洋鬼子是艾克顿的朋友，怠慢了，请恕罪。

那天喝酒，艾克顿对裘利安吹嘘他的收藏。忽然说，可以带你去见一个人，东方的塞尚，中国的马蒂斯，就住在附近。而且最妙的是这个马蒂斯卖价并不太高，你可以给家里买点礼物。裘利安购买的中国工艺品已经太多了，恐怕够布置一整个画廊。价格都不贵，怪不得那么多西方人，一到中国就把钱花在瓷器、玉器、真假古董上。但经不起艾克顿一顿猛吹，裘利安答应了。布鲁姆斯伯里因为两次举行后印象派画展，震撼了英国的艺术趣味，成为现代性的代言人。或许，他能做出同样的大发现。

仆人边陪着边领他们进院。

穿过一条曲曲折折的回廊，左拐右弯，最后才到白石头老人的画室。没有西方画家的那么大，但也没有那么乱，极其亮堂极其整洁。听说老画家已有七十岁，裘利安第一眼看上去就佩服，面貌有一种强悍的力量,稀疏长须,一点不见白,瓜皮帽,戴眼镜,客气地微笑时,脸上也不起皱纹。室内还有几个男女,看来都像是助手或是学生,尊敬恭谦地看着。

老人不说话。

艾克顿让裘利安说中文,他结结巴巴,只有几个词,干脆让艾克顿说。

艾克顿中文流利,一口京腔,大说恭维话。

这一招很有效,老人的微笑收住了,当场让助手铺开宣纸,问客人要画什么。"花鸟鱼虫,螃蟹对虾,鸡鸭猴蛇,任选。"

裘利安认为他在开玩笑,就说:"一对螃蟹。"那老人的助手用镇纸压住纸,磨墨服侍。老人握着毛笔,捋起大袖。果然,就在他们面前,两只螃蟹生龙活虎地出现,一只稍淡,一只稍浓。十六脚、四螯、张牙舞爪,各不相同。

艾克顿说:"一公一母,在干什么?"

老人大笑,不回答,而是拿起一支细毫,蘸着浓墨,轻轻四点,两只蟹在眉来眼去。

裘利安眼睛瞪亮了,艾克顿高兴得鼓起掌来。这就是中国的马蒂斯?可以当堂表演,不像西方画家,画两个螃蟹,恐怕得折腾几个星期。

"能买吗?"裘利安问。

"可以,六美元一尺。"

这是艾克顿的面子,否则,让买也不是这个价。艾克顿得意地跟裘利安咕哝,这位老画家的生财之道实在有点奇特,比他的画风还更有特点,画价用尺子来量,按尺寸卖画。

裘利安突然有点犹豫了,这当然不是马蒂斯,好玩的素描而已。况且,这样卖画,现画现卖,未免太古怪。不过天知道,中国艺术,中国艺术家,西方人都无法理解。

"能开支票吗?"裘利安咕哝了一声。

回答是没问题,艾先生是老顾客。

室内没有钢笔,于是裘利安用毛笔蘸着墨开支票,手指笨拙,小心翼翼也写成了。老人题字送了艾克顿两幅小画。将要告别时,艾克顿对裘利安说:"房里那个穿西式上衣,口红涂得厚厚的女人眼有异光。别看,别看。"

他们走出房间,老人殷勤相送,但只到房门口。艾克顿真了不起,在北平不过四年,已成京油子,在中国混得很内行,能每隔几步都对那老人说一番恭维话。

出大门,艾克顿才说,那女人是老人的小妾、朋友的礼物,才七年就生了六个孩子,刚又生了一个。算算,老人该是七十二岁了,实在多产多福。

这下裘利安愣住了。他手中的画卷,也好像有精灵地变得沉重起来,这个东方马蒂斯起码还能活上三十年,再生一批儿女。他的螃蟹,他的速生螃蟹,也是房中术产物?

艾克顿说:"家藏有这老先生的画,小心防盗。"

第二天，闵来旅馆，她看了裘利安买的画，笑着说："值，白石头老人的画，以后你的子孙准会因此发一笔横财。"但她马上停住不说了。

裘利安看了她一眼，子孙等等，太靠近两人忌讳的题目。

太阳升高后，雪融化快，但残留在屋瓦树枝上。因为外出，闵特意选择了紫青底色，泛银光的翠兰缎子面旗袍，有个孔雀毛织的坎肩。裘利安早看到她是穿了耳孔的，却是第一次见她戴耳环，每只耳坠是两块一大一小蓝宝石，银花边相连，同紫青色相配。

他们俩来到东来顺吃饭。这家店的涮羊肉——一种奇怪的吃法，一个铜炉，中间烧炭火，四周是汤，薄如纸片鲜嫩的羊肉，在沸腾的水里一烫就成，蘸碟子里的酱，味道极佳。葱和新鲜的大白菜莴笋叶切成细丝盛在盘子里。

又是隔席，裘利安发现椅背上漆有一对长头发长胡须的水鸟，闵说："这种鸭子，中国人叫鸳鸯，'爱情鸟'，因为它们永远互相偎依。"

两人吃得很慢，边喝白葡萄酒，边谈起文学。闵说她的小说题材太窄，按现行的普罗文学标准，不值得读。她认为小说是艺术，而她只能写自己的生活经验，太太，小姐，少爷，堕落成反叛青年。

"像我？"裘利安笑了起来，打趣地说，并从衣袋里掏出诗页来。

闵抓过来就要读，裘利安说宜看不宜读。

闵一看就明白了。

交合之后

横越,跨过,纠结的蚊帐,

脆弱的维纳斯,迷惑的战神,

陷坑已经张开铁网,

锈痕斑斑,如潮涌的星。

自然尚容许穿透,

只挡在一层皮膜前,

墨画的节肢动物可以生殖:

在切嚓响的搏击中。

螃蟹肢腿在海的拥抱中扣紧,

咸味的黏液,向深海沉没。

"《交合之后》,"闵捂着嘴笑起来,"这诗标题也太露。墨鱼,螃蟹,蟋蟀,你把白石头老人的全套货色拿过来了。"对整首诗,她并没有表现出裘利安期待的欣赏,"哦,结局真惨!"她情愿开玩笑。

"不好?不喜欢?"裘利安忍不住了。

闵说:"我怎么会不喜欢呢?我就是墨鱼,靠吸水行进;我就是深海,积聚咸味的黏液。我就是螃蟹,被你的黏液缠住,就会深入深海。"

"那么,诗本身呢?如果与你无关?"

"那就太性感了。"闵说,"不过,这诗你已经给别的女人看过,你是写给她的。"

裘利安脸都白了："怎么可能？你不是不知道，昨晚你不在时我写的。"

"就是，就在昨晚你写信给你母亲的时候。"

裘利安沉默了。女人的敏感真是细如发丝，闵已经完全了解他对母亲的依赖信任，他与其说是儿子，不如说是一个永久的柏拉图式的情人。闵点明这点。

这时，招待端上来一些野味：黑木耳、松蕈、马齿苋、山芋、竹心、参片。

只过了一会儿，闵恳切地说："我真希望，我也能爱上你母亲，分享你们的亲密。"

这几句话，使裘利安头脑轰的一下，蒙住了。从来没有一个女人弄清这几个层次之间的关系。连他自己也无法用简明的话说清楚，而这个中国女人，用不够表达的英文，却道出了关键点。

裘利安说："这首诗，还有四行，你看吧，究竟是写给谁的？"他从衣袋里取出一页纸来。

逃逸，海风飞过寒冷

绯红的日落，黑色的断树

陡峭的英格兰鸟语悬壁；直到老

越过沙滩纠结着，我们睡

闵读着读着，忽然眼泪涌了出来，顺着脸哗哗往外淌，没有声音，也不用手绢去擦。裘利安看得心痛了,走到她的身边,把她抱得紧紧的。虽然他原本是不想把这四行给闵看的,他觉得他还没有把握,如此清晰地表明感情。但此刻,闵的反应这样的强烈,使他难以守住防线。

闵把裘利安推开一些,掏出手绢擦干净自己,望着他说:

"不要紧,我知道你这是写诗。但是为了你这句'直到老,我们睡',我要给你一点奖赏。我带你去一个地方,会让你终生想起都会感激我,你决不会忘,到死也不会。"

两扇黑门,在他们身后关上时,正是太阳刚有点西斜时,街上的嘈杂声几乎一下子被隔在门外。裘利安在日后想到这一天时,他只有顺序不清的记忆和深深的遗憾。这个大院外表并不起眼,或许只有带个照相机,才能有明确的印象。

他无法忘记进入第二道门后发生的一切。

的确,用闵的话说,到死,他也没有忘。

n 战争将至，拿走我的心

院子里面照例有池水，假石山，竹很高很青翠，梅花在凋谢，洒脱在小径水池。

当家的是个衣着华贵表情亲切的中年妇人，闵对她说一串汉语。太快，裘利安无法听懂任何字。那女人马上笑逐颜开，礼貌周到地领他们穿过过道，经过好些房间，那些门是格子装饰的，可滑动，透出一些光。有些门口有灯笼，有些房间里有人。但非常安静，从里向外涌出一种特殊的香味，裘利安不知道是什么。

闵回过头来，对裘利安说，得拿出她父亲的名义，这样方便，会有全套服务。

过了好久，裘利安才明白"全套"是什么意思。

那女人招呼裘利安看门上一个小孔：每一个房间和他以前看见的春宫画都截然不同：有个房间里，一个上了年纪的穿得体面的男人，用一把大木梳在仔细地梳一个裸着的漂亮女人的漆黑的长发。另一个房间里，似乎听见外边的动静，房间里的两个人转过头来，脸上都画了颜色，很像京剧的脸谱，分不清是男还是女，下身都是赤裸的。还有一个房间里，有一个姑娘，最多才十七岁。她的身体瘦弱，乳房小小的。姑娘脸朝下躺在那一对男女中间。那对男女对着一个算盘，女人的手指在拨弄珠子。女人臀部承在姑娘的腰上，男人把珠子撒落到她们身上。裘利安继续走，凑近一个房间看：男人上身裸着，下面穿着女人的拖地长裙，女人裸着，身上只戴着一根领带。她取下领带，在男人的身上量尺寸似的移动。

裘利安不敢相信是真的，他揉揉自己的眼睛。闵在边上很有耐心等裘利安。

然后那女人把他们引入一个宽敞的房间，陈设华丽而雅致，那女人鞠躬出去，在门口轻声布置一些事。然后两个侍女上来，帮他们脱去外衣。室内只点着烛光，既不幽暗，也不明亮，光线恰到好处。堂中燃着三盆松木炭火。一张巨大的床，是北方式的砖炕，里面也燃着火。紫檀雕嵌床柱档头，收拾得很干净，有枕头、靠背，铺了纯白的狐皮毡，床上挂着若无似有的极薄的纱幔。室内像英国的夏日温度。

那两个侍女，又在床上铺了大幅洁白的绣花布。请他们坐上去，帮他们脱掉鞋。另有两个侍女进来，拿着一些奇怪的用品，闵把挽得好好的头发再整齐一下，不顾这些人进进出出，已经侧着身子躺好，身子下垫了一些枕头，手撑着头笑眯眯地看着裘利安，他正被侍女帮着脱衣服，叫他也学她这样躺好，别管那些忙碌的侍女。

不到几分钟，侍女们摆弄好他俩，悄没声息地退出房间。房内只剩下一个侍女。她把门从里闩好。

裘利安看着手中侍女递给他的细长烟斗，才明白这是鸦片馆。他记得看过的关于中国的纪录电影，总有鸦片窟的镜头，如何肮脏、可怕、拥挤。不是这么一回事，再也不能相信那些所谓的中国观察家。他和闵之间有一大套他不明白的奇怪工具。床前跪着的这个侍女，穿着红绸裙，挑起几个精制的小匣子里的生鸦片膏，放在一个小铁丝架上，用炭火燎，黑褐色变得半透明的液体，然后就长成一个金黄色的气泡。

侍女用一根长针，把烧出的泡挑起一个，放在烟斗口上，递给裘利安。

裘利安不知所措，就指着闵说："女士优先，女士优先。"

闵微笑着，也不推让，把烟斗接过去吸了起来。她的样子也不熟练，还轻轻呛了两下，瞧着斗上的烟泡慢慢缩小，然后啪的一声消失。裘利安高兴地小声欢呼。她带歉意地笑笑，说母亲吸鸦片时，她学过一两口，忘了。

第二个烟泡已烧好，裘利安也学样，用烟斗凑着，慢慢地吸，吸得比闵还像样。只觉得一种奇特的焦香味，有点刺激，但不呛人，柔软舒缓地润进他的肺里。他看着对面的闵，很热，他们都只穿着内衣，脸上会意地露出笑容。闵此刻在他眼里，就像仙女那么美。她脱掉身上最后一层衣服，她的一头黑发垂挂下来，这个性感的东方女子，眼光却在妩媚地瞧着他看，赤裸的身体的每个部位都在诱惑他。突然，他又觉得他在母亲的画室，母亲和他看着一幅画，相视一笑。

不需要上第四道烟膏，两口就把他弄晕眩，似乎置身于天上的一个房间，三口就听见背景有天使在合唱，低低地哼着。他身体轻快，在飞升，没有衣服的障碍。的确，他发现身上已经一件衣服也没有。真好，什么时候也没如此自由自在过，任何事都无所顾忌。闵呢，她躺的地方空了。"哦，她已在我的身边。真好，真好。"裘利安喃喃地说。

没有伴奏，天使们在清唱。他身上每个细胞都在变化，闵的身体被云遮掩，很不实在，雾围绕过来。

闵已在他身上，只是位置奇怪，他呻吟了一声，清醒了一阵，颤巍巍地瞧闵在做什么。

中学时，他曾经读过中国十六世纪的一部小说《金瓶梅》的英译本，看得潦草，对过分琐碎的人物情节早已忘却。但是他记得清楚，里面女人们最爱"吹箫"，可是那本书有个好处，把所有在英国犯禁的地方，都译成拉丁文。他正好在攻读拉丁文，觉得恺撒的《高卢战记》不仅是个独裁政客的自吹自擂，枯燥至极，而且班上同学个个用英文本对照，用来蒙混老师。而他有了有趣的读物。至今还记得很清楚：

> Mentulam ad sua labra adposuit; Caput mentulae lingua sua titillabat, et inter labra sursum deorsum volvebat;
>
> Mentulam in genas mollivit et in os recepit. Foramen titillabat et lingua nervum provocabat. Labris firme continuit et molliter movit......et continuo in os mulieris exiit semen Kuod tarde sorbuit.

教师只是奇怪为什么他的拉丁文进步那么快。他却为之而苦闷得无奈。天哪，中国女人最爱吹箫，为什么他能找到的西方女朋友，从来都不愿意，听都不愿意听，有的还因为他说这事，认为他有问题，离他而去。他从来不敢问闵，他一直认为她那么洁净如玉，完全不像十六世纪书中的女主人公。

原来，那可能是中国女人，或许是所有女人最本来的本能，只是闵需要一个最后解禁令。

他叫了起来。他看见了，闵头往后一抬，头发就飞散，轻快地洒落下来。

耳旁那歌曲渐渐模糊，若有若无，间间断断，突然又清晰起来，就像在耳边吟唱，感觉有一个裸身女子，拿着一根笛子往嘴上靠。在他听来，天使们就像在唱"爱呀，爱呀，在开满花的原野"。哦，是的，她身上有虹的色彩，她又成了他的宠姬，后宫最骄傲的吹箫手，都城闻名的艺术家。

裘利安倒过身，两人一起翻落到床边。闵有节奏地吐气松开，然后，抬起头来喘长气，她的眼光充满春意，风情极了。他刚缓过一点劲来，对着这张脸看呆了。

那个侍女早把烟具收拾在一边，这时按闵的一个手势，靠上来，她太年少，大概十七岁，小小的身子横卧在床榻中间，她的样子非常恬静。闵顺床躺在她身上。

裘利安从中国古画上见到过这种姿势，古时皇室或达官贵人家，经常用侍女作性交时的垫子，也是激起性欲的方式。他认为只是一种性幻想，不料竟可以是事实。闵被垫高，洁白鲜嫩，如剥了壳的煮鸡蛋，又像一颗粉红的樱桃,他的晕眩添上惊喜,更加激动。

她真是我的,她真是我想要的,裘利安迎了上去,闵抱住他,顺着身体的起伏,两人之舞一下成了三人之舞。

室内的盆火旺旺的,纱幔在飘飞,许多白鹤在燃着霞光的一片红色森林上掠过,成群的翅膀涌上来,把他们往上托跃。他几乎在烈焰似的感觉中醉过去。他突然觉得自己这一生的享受,都在这一刻用尽了。

时间怎么度过去?时间变得快,也缓慢得可爱,他感到又一口烟送到他嘴上。在鸦片特殊的香味中,他自然而然地进入松畅的半眠半醒。不知不觉中,他俩调换了位置。他这才看见,床档头镶有长长的镜子,镜子间是一幅花鸟画。他闭上眼睛,他就是鸟。鸟的嘴,鸟的牙齿,鸟的尖指和翅膀,朝向闵,几乎是粗暴的。

她点燃着他的每个神经束,使每个神经束冒出火苗,他大声喊叫,感觉自己和她正在燃烧的喉咙连在一起,快崩裂的一刹那,一股强劲的力量撕裂着他的身体,闵的手受刑般张开,他不由自主地呼唤着闵,我飞了,像有一道亮光,他的灵魂飞离身体,他的灵魂,和她的在一起。

第二天,裘利安一人在回青岛的火车上,他的手里拿着一块黄缎的手帕。今天一早,他回旅馆取行李,两人一起乘出租车去火车站。在出租车上,她将这手帕递给他,上面竟有个英文字母K,绣上去的。丝线亮过整片黄色。黄丝缎上面有暗图,是竹叶,仔细看才能瞧出,与她的那件衣服相同。他听闵说过黄色是中国帝王之色,在现代中国却被认为是色情之色。不知她用黄色是取其何义?闵只说,只要你还喜欢,就带着它。

她为什么绣K？是承认自己就是K。她是想告诉他，她不在乎他以前有多少女人，并不嫉妒；他一生中，任何其他女人，无人可代替她？

他不知道她的用意，脑子想得发麻，无法合眼。火车轨道与车轮击打出声响，万变不一的节奏。火车越过他一个月前经过的山峦河流，轻柔地摇着他的身体，他的眼前全是闵的身影，心里全是闵，她已经巧妙地跑到他的身体里了，种在他心里了。

在那个鸦片馆，他回想。朱色的床榻，光焰，锦绣情色世界，那野性的高潮后，他马上晕眩地睡着了，也不知道在那个大床的哪一部分。他醒来过一次，发现侍女早就离开了，而闵也睡着了，如他一样任全身赤裸，没像以前那样性交后特别精神，或许是鸦片的作用。她头枕在他腿上，黑发枕在他腿上，双手抱着他，脸依偎着他，甚至在梦里，嘴唇也吻着他。

裘利安从未见过一个女人的性欲，如此百无禁忌地显露出来。或许，这又是由于鸦片，把人最深处的本能掀翻出来。看着她充满欲望的漂亮的脸，她充满诱惑的身子，他觉得自己从没有度过这么美的时刻。他把闵移在他的手臂上，那份小心，使他感到他以前不曾，以后也不再可能如此爱怜一个女人，他爱她。是的，他现在已经十分肯定。他怀抱着她躺下来，手轻轻地抚摸她，然后，手臂裹着她的头，像保护一个孩子，他觉得心境宁静，又睡着了。

记得今天早晨，当出租车到达喧闹无比的火车站时，闵没有下车，以免碰见熟人，她祝他一路平安。顿了顿，又说她开始喜欢青岛，因为在那里她遇见了裘利安。

裘利安提着行李，正准备说什么，一种尖锐的汽笛声响起。两人不知发生了什么事。出租车司机却惊慌地将车启动，把闵拉走了。

裘利安在火车上一次又一次想到这点，他本想对她说："我不喜欢青岛，因为我想我们在一起。"但他没有，因为他已经感到心在疼痛，他现在非常想跟这个女人过一辈子。正由于如此，说出这话之前，他得好好想想。这个女人的爱情，在他心中已经太重，他说什么话，都得负责到底。他必须在他的感情秤上，再称一称分量。

裘利安突然明白，是在火车由北驶回南的途中，他就陷入一种绝望，没有任何理由再拒绝选择她的绝望，主宰了他。失去选择自由之后——当私通不再是私通时，爱情又会如何？他到死也不会忘记他在北平的经历。是的，闵说过"你决不会忘，到死也不会"，而她除了读到他的诗时，那一刻动情的哭泣，却没有任何话，也从未谈到他们的未来。为什么呢？

她可能知道讨论这问题是没有用的，如果没有经过不再选择的考验，他的任何起誓都不会维持长久。

火车到达济南时，是第二天上午，他看到许多乘客拥到站台上去，闹闹哄哄的，竟是在抢购报纸。他看不懂，只能问人。列车上有个法国人，正拿着一张报纸在看，一边摇头。裘利安问他。

他说："战争！战争！"

裘利安说："你就说法文吧。"

这才弄清楚，因为中日军队在长城一带发生激烈冲突，昨天日军飞机竟然飞到北平上空盘旋挑衅,中国政府向日方提出严重抗议。

可能正好在他离开之时,那尖叫的汽笛是空袭警报。好像日本法西斯有意刺激他一下。

"这种事已经发生过,打不起来的。中国政府不愿在此时与日本开战。他们会用外交谈判方式一步步放弃土地。"这个法国佬说道,预言家似的翻着眼睛。"不过,北平快完了!北平完了!"

0 还有我们的青岛

裘利安回来有七天了,学期已经开始,他却请了病假。

这天,田鼠在厨房对裘利安说,郑教授去火车站接他夫人,她刚从北平回来,带了好多行李,说是亲戚朋友送的礼物。

"回来了。"裘利安话不是答也不是问,他找牛奶喝。中国牛奶和饮水,都得消毒。田鼠已知道他的习惯,喜欢凉牛奶,一口喝半杯。每天早早将新鲜牛奶煮沸,放在那里冷却。

系主任夫人看上去年轻了十来岁,粉嫩得很。田鼠说。必是敬菩萨拜佛得福了,我在校门口碰见的,客气得很,还给我打招呼,问你假期到哪里去了。

裘利安端着茶碗回卧室,他也染上中国人每天不断茶的习惯,而且专爱龙井一类的,淡雅清纯,不像英国人喝的大吉岭茶,赛如香料。他真正讨厌田鼠,是从这一刻开始的。巫师看上去狡猾,但只是外表如此;田鼠则相反,样子老实忠厚,却到处乱窜,什么都感兴趣。

"这家伙他妈的浑蛋。"裘利安咒骂道。

他的中文足够解雇这家伙,重新雇一个称心如意的仆人。不行,仆人能说英文,很难找。田鼠和巫师都是校里特地为他找的。这儿每个人都对他说英文,他现在只会说三百个不到的中文词,能听懂多一些,差不多是个哑巴。

从北平回来,裘利安在床上整整躺了两天,精疲力竭,真是精疲力竭,他原以为自己是"战神"火星,身强力壮,对付女人能征惯战,从无餍足。怎么会这么不堪一击?他的症状有点像流感,头晕,无力,没胃口,也睡不好,只能醒着干瞪眼。

他至今还没学会房中术,这不是由于他的无能,而是文化差别。一个民族文化很难与另一个民族文化交流,交合多少次也无用?

他让仆人特别去集市挑了两棵梅,开金花的东方梅,春天近了,容易活。按理说,他应该去花园瞧瞧,谢一下两个仆人才是,田鼠说梅树能煞桃树的妖气。可他就是没心思这么做。从小喜欢衣衫不整,现在头发胡须也不理不睬,任其发展。他哪儿都不想去,总是躺在床上,经常是朝墙,也就是背门而卧——的确很累,同时他也想大脑静静,好好想一些事。

但是他发现自己全部时间想的,却是闵什么时候回来?现在他强烈意识到,她"回来",不会回他这个家。不过走十分钟路就到他这儿,至少感觉上近了。他在心里想她这一刻会在做什么,会想她吗?他打开窗子,往她住的方向看一眼,便觉得心里好受一些。

她的火车票比他晚七天。是她的安排——不是为了避嫌疑,而是无法忍受两人一起坐一天一夜车，目光相对，却不能靠近。裘利安认为她这安排有道理，从另一方面看，她能控制，也是好事。

裘利安在火车上度过的二十四个小时，准确地说，火车走了二十七个小时，回来的这段独居时间，越来越让他明白他陷入之深。现在不是一个从身边推开女人的老问题，现在的问题，是有没有可能从心里推出闵。

母亲的信摆在桌子上，他给母亲写信的密度，又回到每星期至少两封长信。详细讲一切，像请母亲看他的日记一样。这次北平之行，事情发生得又急又密，在北平写信时间不多，没有可能把所有的细节全讲。现在讲，倒是一个回头看一下的机会。但是，他发现，以前他与母亲亲密无间，没有禁忌，现在却有很多不便讲的事情了。

母亲若收到闵送的那些中国最漂亮的丝缎，一定会惊喜，一定会让丝缎挂满她的画室，高高垂落下来，不停地对朋友客人说，瞧，这是裘利安从中国寄来的，瞧，来摸摸这平滑舒适，这些东方奇异艺术品，就够让整个布鲁姆斯伯里记住他了。他很希望闵喜欢母亲，更希望母亲喜欢闵。

他走到窗前，关上窗子，可是没隔两分钟，他便推开了一点窗，让风吹拂他的身体。能看到的视野里没有闵，这种既想见到她，又怕见到她的心情，糟透了。她一回来，他们不可能像寒假前那样无邪地相处，也不可能像在北平那样自由。而且，由此，就无法不讨论他们一直不讨论的事——把关系正式化：离婚，结婚。而在这之前，就得明确表示专一的爱情。

仅剩下的另一个方案是，从此不理睬这个女人，而这几乎是不能想象的事。

第一批矢车菊冒出了头。山上的水仙都开了，这种英国到处都可见到的花，通常种得整整齐齐，在这里却只在水塘边小溪畔。

对闵的分开走，裘利安突然明白她的安排可能另有想法：闵可能因为北平新月社朋友一大堆，不可能不见，就推迟了时间。尤其是中国的新年，她不能不摆出清白，进行社交。

他感到自己受了冷落，又在生病，于是给母亲写的信中吐着怨气："放心，不会结婚，结婚将是大灾难。"母亲读信会站在他一边，母亲总是担心他多情而糊涂，最后做错决定。写了这句话，他感到又有了自由。他能够平心静气地想念闵了。就算是她不在意我，我在意她，也没有什么不妥的？裘利安自嘲地笑了，他哪像以前那个自己：冷酷，无心肝！

信寄出第二天，他收到母亲一封信。不是对他的男女之事有所评论——她总是很高兴他能享受人生。而是一件他几乎忘却了的事——他的书稿。

他评罗杰·弗莱思想的美学论文，与C. S. 路易斯论辩的"无产阶级与诗"，与福斯特讨论的"战争与和平"，通过母亲转给伍尔夫夫妇，想在他们开的荷加斯出版社出版，弗吉尼亚阿姨拒绝了。在电话里母亲朝阿姨发了脾气，来信中只是安慰了他几句。但是他怀疑是弗吉尼亚又在与母亲闹别扭。

房子连着一个大花园，父亲克莱夫在喊什么，大约在问咖啡壶在何处。弗吉尼亚阿姨则在房子里写什么；母亲心不在焉地在花丛中沉思，被叫喊声弄得抬起头来；母亲的男友邓肯则晕头转向地溜达，身上这儿打个结，那儿扎个带。这种和谐恐怕再难有了。

猜想又是阿姨的小说《奥兰多》里那个原型维塔·萨克维尔—韦斯特。阿姨会疯狂地爱上女人，心里却在嫉妒母亲，最吃酸的是母亲为他这个儿子骄傲的神色。这两个有名的布鲁姆斯伯里女性，对外是最完美的姐妹关系，但依然逃不了最简单的人与人之间免不了的纠葛。

他现在明白，虽然他在中国当堂堂皇皇的教授，实际上没有明确的专业。他想兼任第二代布鲁姆斯伯里诗人和政论家。两年前，他的诗集《冬之动》出版后，受到朋友和家人不少鼓励，弗吉尼亚阿姨还写了两封长信仔细推敲评论，但是报刊回响很少。

在欧洲思想界风潮推动下，他对很多问题——美学、政治、文学与政治都很关心，转向评论。他的几篇长文都以长辈为论战对象，他的父辈很年轻时，比他还年轻时，就是绝对狂傲包揽天下的，一写就是大题目：莫尔《伦理学原理》，列奥纳德姨夫的《社会主义与合作运动》，父亲的《文明论》，凯恩斯的《货币论》，福斯特的"演讲"《小说面面观》，都是垄断一个学科的伞状巨著。这个压力使他坐立不安。竟然这些人并不想赏识他们集团的子辈的挑战。

好吧，他想，你们英国老牌自由主义者，终将被取而代之，你们敢为自由主义而同性恋，或反战。我们新的自由主义者敢尝试，甚至学会东方房中术，敢为理想主义而到东方打仗，咱们走着瞧！

但是，这桩被他最亲密的家人退稿的事，依然刺痛了他的自尊心。发狠之余，他开始怀疑自己能否成为一个布鲁姆斯伯里的人物，难道他没有父辈的智慧？还是时代不再需要这种知识分子？或许，他想，我还是应当好好写诗。他相信他的现有诗作，某些应当能够传世。

这个早春，裘利安已经二十八岁。他刚享受了人生最大的福气，使他回味不止；但是与这个中国女人的关系，当他不得不正视时，却越想越复杂；而此时又不得不考虑自己的一生事业，更觉得彷徨不知所措。

有可能，他只是不习惯这么想念一个女人，由爱生怨，反而变成了这样那样的不满。凉风一吹，他打了一个喷嚏。身体变得娇气？生病就更虚弱。他楼上楼下转悠着，像个被惊动的鬼魂。转悠累了，斜躺在床上。

忽然，他感觉闵的气息在他的房子里了，他一下从床上跳了起来，正是傍晚太阳刚下山，还未上灯时分。裘利安想，幸亏今天他感觉好一点了，没躺在床上。他听得见闵轻巧的脚步声，一步一步上楼。

闵是听说他生病，送药来了。见裘利安衣衫不整，头发乱蓬蓬地站在卧室门口，就当着仆人的面请他快回床上去。她还带来一张从北平朋友那儿找来的唱片《阳关三叠》。她说："睡下听吧。"

他只得乖乖地睡到床上，盖得严严的，看着闵在房子里忙东忙西，走来走去，他突然觉得，这儿真像一个家，一个他自己的温暖的家。他让闵放唱片，她就把片子从纸壳里取出，放到盘上放起来。

听着听着，他就睡着了。从北平回来后，第一次睡得这么好，也不知闵什么时候离开的。

第二天,裘利安很晚才醒来,太阳升过屋顶。闵不知什么时候来的,做好了汤、稀饭、菜,都是除了油腻、对感冒有效、讲究营养的。她就像对待家里亲人一样,关心仔细,但保持距离。仆人上上下下随她差使,他们非常听这个系主任夫人的话,她的举止十分自然。她专心致志,也不关心其他事,甚至一句不提北平的事,也没一句亲热的话,她是真在意他的身体健康。

裘利安有点埋怨地看着她。闵好像看出他在想什么,说:"中国人说,病来如山崩,病走像茧抽出生丝。"

她莫非是在讽刺我?不过不同文化总会从话里听出不同的象征。

她继续说:"人得顺其内心,凡事都好商量。也会有好结果。道就讲心平气和,顺其自然才是真智慧。"

但她是言不由衷。裘利安明白,她只是想表现她的耐心。闵回青岛后来探望裘利安的这几天,他的思想一直在转圈,他弄不清楚自己是在惩罚这个爱着自己的女人呢,还是在惩罚自己。也弄不清楚他是不是阳气被吸光,不再有性欲。以前性欲没满足,妨碍他判断爱情;现在没有性欲来判断爱情:纯的爱情,似乎更难。唯一无可置疑的是,他无法否认他想闵,只是不知如何解释这种一生也没有过的苦甜相混的滋味。

几天之后,他完全病愈,坐在客厅沙发里,闵才提起他们之间的事,她没问裘利安想不想她,她只是说,与裘利安分开七天,就像七年。说完这话,泪水涌满她的眼睛。她掉开头去,手堵住嘴,努力忍住。

裘利安很想一把将她抱在怀里。但他控制住自己，他在心里演习这个摊牌时刻已经很久，暂时不愿冲回到神志疯狂的爱情里去，尽管在那里他非常快乐。他是从闵的眼神中，看出她爱他，爱得很深，而且是超出性欲的爱。他觉得害怕这种眼神，他还不能做出不可挽回的决定，也未想出意义模糊的得体话。

这时，她转了话题，说她见了一些朋友，行李太多，主要是她决定挑选一些做闺女时穿的那些鲜亮衣服，因为裘利安喜欢：有水袖，有布扣，有镶边的旗袍，大都是民国初年那些过时的样式，但对裘利安可能不过时。

裘利安觉得她玩爱情这套游戏明显比他高明。他说："那就太好了。"

由于仆人不在，闵渐渐朝他靠近，但是没有真正碰到他。她仰起脸一动不动地看他，她浑身上下都洋溢着爱，就对他一人。

他从来没见过一个人，有如此强烈的感情。这使他感到很不安，他就害怕被女人爱上。爱上，会彼此制造痛苦，结果无聊透顶，起码以往他的经验是这样。但如果不爱呢？就不会浪漫，会有他们在北平那么强烈的性快乐吗？

结论是：爱到一定程度就够了。

余下的问题：让爱情停止在什么程度？而且又让对方同意停止在那个程度上。

他满脸迷茫的神情，使闵坐了回去，现在是她看着他忧心忡忡的样子。

裘利安的感冒好了,重新上课。但他还是未痊愈,有些症状未消尽,这样闵还是常以看病的名义来。关于他俩的事,闵尽可能不谈,好像知道他怕说清楚。不清楚双方都有自由,还可随意决定继续,或是不继续。现在的局势已经弄到他无法单独决定,他几乎想写本讽刺自己的小说,现成的标题:《哈姆雷特在中国》。

这天闵走进房间,在桌旁沉静了一会儿,突然说:"如果你再不到花园里去坐一坐,我就把这两个花瓶扔到窗外山沟里去。"她一手抓一个瓷花瓶,她的威胁使他笑了。

她没笑,但把花瓶小心地放回桌上。"若你生病我可常来,这正是好借口。但一直生病下去,对你身体损害太大。"言下之意,闵对他的"病",心里是知晓的。这时,是不得已才向他点明,她看来要说什么。

他们来到花园里坐着,仆人送来茶和点心。两株梅生机盎然,裘利安瞧着,便觉心情好多了。闵今天的脸色,不像以前那样一味娇纵他,而是有一种决心。在花园里,闵低声说:"我们需要一个新的时间方案。"

裘利安马上就明白了,闵指的是什么:既然他不愿明确表示爱情和结婚意愿,她想先维系他能接受的"私情"。他实在想不出什么办法,使两个鬼精的仆人不至于晃荡在眼前,他的私人生活被干扰,但他的生活又缺不了他们。除非和闵去山里去野合,暖和的季节还未到,不存在这诱惑的危险。

他沉默,就是让闵说。闵站了起来,在花园很烦躁地走着,脚上的高跟皮鞋和玫瑰红的衣裳,使她看上去比平日高,袅袅婷婷。她穿什么都好看,什么颜色都适合,只是玫瑰红太性感,特别是在阳光下,而且婚前的衣服现在穿,紧了些,就勾勒出诱人的身材。

从外表看上去,她是有点娇弱不堪的。她停下来,转向他。

她的声音很轻很慢,但表达得一清二楚。与他在一起,尤其是在北平的这段时间,几乎天天说英语,她的英语已经与初相识时完全两样。

她的方案非常简单,但大胆:裘利安早上让两个仆人都去买菜,九点后回来。她丈夫作为系主任八点在办公室,她在这个时候到裘利安的房子来。有一个小时安全时间。

她的脸绯红,但不是害羞,而是觉得受到委屈和冷落。裘利安有意保持距离,已经使她忍受到了极限。他知道她此时的心情:她从北平到家没几个小时,就来探望生病的他,她以为他会不顾一切地重续北平的狂热,她不能肯定他爱她,但至少没什么理由中止他们的关系进一步发展,现在她只能主动要求上床,这是她的最后一招。

裘利安知道这个方案,是不平等的。他是在一个陌生国家,一旦发现,他无所谓面子。闵冒的险大得多,一个中国女子顶着跟洋人私通的臭名,难以生存。在这个国家的知识界,甚至标榜自由主义的新月社也不赞成这种行为。但是她肯定知道,对裘利安来说,一旦性消失了,爱情不会持续。

裘利安很想同意这策划,他本来就喜欢有一点危险,尤其是有一点危险的性。但重新开始?他不想立即答复。

闵忧伤的眼神只能离开他,没等他说话,她就直接从花园里走到山路上去,走得飞快,他真担心,她的高跟皮鞋会让她跌一跤。一个冲动,他喊道:"Yes!"

闵回过头来,笑了,笑得那么灿烂,那么甜,使他心里很难受:他是否太残酷了一点?

裘利安一夜睡得极其不安。前一晚他就吩咐两个仆人一早去菜场买几样特殊的菜,九点后才允许回来。他知道这么命令有点可笑,但管不了那么多了。一旦有了性爱的可能,他又开始想念闵的身体,他的身体已经比他的心熟知闵,而且不由他控制地渴望闵。好几次,北平的一幕幕又回到他头脑里,使他的器官硬胀得痛。

他只好坐起来给母亲写信。以前给母亲写信,可以把无法排遣的欲念说出来,有时是整理一下过分混乱的思路,现在却只能用对一个女人的眷恋来抵挡对另一个女人的情欲,尽量使这火焰冷却下来。当他写着的字并不是从心底流泻出来,他开始怀疑自己是否在背叛母亲。

当闵建议他们继续,就是一个命令,他无法抵御无法抗议的命令。他和她的关系的苦思冥想,在她的几句话面前就彻底崩溃了——她要继续,他就得继续。

索性不睡了,他去洗澡,洗头发。将多天故意不处理的胡子仔细刮了,那胡子的确使他变丑。浑身上下收拾一番,才上床。他睡觉一向不穿衣服,就在被子里等着。他意识到是中了魔,不仅回到上北平前没抓上手的急切色相，而且更无奈地向肉欲投降。

天就是不亮。

他终于在等待中迷迷糊糊睡着了。

门轻轻哐当一声把他惊醒，仆人们出去了。闵早就有一把钥匙。下面应当是她上楼的脚步，但好长时间过去也没有。他又睡着了，半睡半醒中他听到闵轻柔的脚步，在吱吱呀呀地上来，此时，他的心很静，什么都能听到，感觉到。

费力睁开眼睛，他却未能办到，感觉到闵走进房间，他用手揉眼睛，想看她怎么脱衣服，怎么剥露出那个美丽的胴体，还没来得及，闵已到了床边，像一条鱼滑进被子。

闵的头发带着早晨的露气，好像远远地从另一个世界奔到他的床上来。她的身体，她的嘴唇，也带着凉气，她冷得有点哆嗦。她逃离那个冰冷的世界，像逃离地狱。

她肯定是从陡峭的小路爬上来的，不会碰到人，而且快。

嗒嗒嗒的声响从枕头下传出，闵把一个怀表放在那里，隔一会儿，看一下。这才是真正的偷情，紧张，急促。朝霞透过窗子射进房间，房间变得非常有光彩。他们急急忙忙亲吻着，她身子轻轻一摆动，他就进入她，已经熟悉的路径，进行起来得心应手，两人缠绵了一会儿。当闵又摸出怀表看时，裘利安受不了，觉得兴致消退，他并不太激动地射了精，闵也明显没有满足。她摸出表，表像定时炸弹一样响着。她摇摇头，就下了床，飞快地穿上衣服，出了门。

第二天早晨八点闵准时来，还是那么紧张，急促。整个做爱成了例行公事，甚至事情完了，才八点半。"还有点时间。"闵悲伤地看看怀表。裘利安表现出来的不太合乎性格的宽容，使她感动。两人看着秒针一点一点移动。最后，闵提前走了，少点危险。没有怀表跳动的房间，非常静寂，裘利安突然觉得这样的窘困，可能并不是没好处，不久双方都会自然冷却，自然中止。

如此的性生活，使北平之行一些枝蔓小节清晰起来，他几乎能记起每次性高潮是如何来到的，那些环境，那些气氛，那些不断翻新的花招，现在还剩下了什么？早晚将沦陷的北平，闪耀着末日的华丽，还剩下什么？

第三天闵走进卧室，惊奇地看到裘利安衣服整齐，捧了个茶碗坐在船形桌前。他脸上毫不掩饰地显出无聊感，闵在他对面床上坐下，叹了口气。

"怎么？"裘利安认为闵并不是在抗议，他不过是凭本能问了一句。

"我是冒着生命危险来和你做爱的，今年是我本命年，我属鼠，按中国算法，春节开始就是三十六岁——你离开北平之后。"

她的话使他一惊，他不知道安排他提早离开北平还有这一层原因。这些数字一直对他不具有什么意义，包括她三十六，他二十八。他对中国十二年一轮转的天象图从来没有兴趣。

"本命年，应禁违例性事，会有难以预料的灾祸。"闵不情愿说下去，她甚至也不看裘利安。

"上帝保佑！"裘利安笑起来，中国人迷信太多，这种十二年一轮转的属相,比西方星象更不值一哂。不过对中国古老文化,他还是最好谦卑一些。"这么严重?"

闵说,母亲说起过此事,但她从未见过书,父亲如宝贝藏着,连母亲也没法帮她找到。上一次本命年,二十四岁时,她有所心动,就去一向保持中国唐代遗风的日本旅游,曾到一个有名的神道庙。那里的住持,世代相传,女儿接任,虔信房中术。她与女住持一见投缘,便请教了关于本命年的戒论。女主持说,中国古传,本命年不能有逾分内性事,分内性事稍有节制即可。至于何为"分",各家说法不一。按中国民族道德婚内房事为分,不然犯冲。

女住持还说,人不可与鬼交,犯之不出三年必死。

何以知之?她问。

女住持说,只需取新布一尺,在落日之时,悬挂在东墙上,第二日查看,布上必有血色。而且声称七月十五日鬼节始,鬼交之期,若交,必有重难,悬挂东墙之布,即刻就有血色。

裘利安问,有谁试过吗?中国人什么都是身体力行,他知道自己这问题很傻。

那住持说,有人试过,布上果然有红色,后果然暴卒。闵说,住持警告过她,千万勿试。

裘利安瞪眼瞧着闵。他从她那里已经听到过许多怪事,大都当场有验证的,当场床上见效的,现在却是一个说不清的威胁,一个未来才能应验的凶兆。不,他不会,也不想把闵说的什么红布之事当真。至于本命年之凶险,他情愿绕开这个问题。他喝茶,有经验地吹拂漂在水面的茶叶。

但是闵又回到这个问题上:"你信不?本命年的禁忌。"

裘利安开心地笑起来。太有趣了!因此,仅仅为了挽救闵的生命,他们也就当停止这种私情,直到明春。

他完全了解他说这话会懊悔,但还是说了:"当然不信。照这个禁令,全世界将有多少人每年自动躬身请死神?"

她微笑了:"这正是那位女住持告诉我的话。不信这套传统的,此禁忌不起作用。"

"但是,你相信这套传统!"

"不,我不相信整套传统。我只遵循我发现可证明有用的部分。孔子就这么说:尊敬鬼神,保持距离。"

裘利安听呆了,这正是英国从洛克、休谟起,直到莫尔的经验主义哲学传统,原来也是中国典型的思想方式。闵的断言,使这复杂之极的哲学原理变得如此明晰。

"要是最终证明这禁忌是实,怎么办?我指引祸上身?"他问。

"那我下辈子再信。这辈子我就认了!"闵斩钉截铁地说。这样冒死相爱,使他感动到极点。

他走到闵面前,看着,低下头去亲亲她的眉心,说:"时间不早,回去吧,今夜梦中我到你那儿去,如何?"

他比她还记得住时间,比她还在乎她的困境。她默默地站起来,离开了。裘利安突然感到很不安,他向走到楼梯底端的闵大声说:"我会一整天都想着你,明早见,我的爱。"

这是裘利安第一次用爱这个词，哪怕是称呼，也是第一次对她用如此亲密的词。她愣在那儿，没想到似的。但她立刻反应过来，露出一个裘利安式嘲讽的微笑，然后走了。

裘利安站在楼梯口上，闵说的所有事都抵不上她本命年冒死做爱这件事，深深地打动了他，他的脑子绕不开这点，此时全拴在这点上，她爱他，以她的方式，有什么错？她就是一个这浪漫文化熔铸的完美的青铜器。

春天，雾从海湾边漫起，往山上涌来。有时到中午，太阳普照，雾才慢慢退下山去，退回水里。裘利安新学期的课大都在下午，唯一的上午是周二，在十点，并不妨碍他和闵的幽会。如果是有意如此安排，不知闵用什么主意让郑主任中计。虽然课程表在开学前就定下了，他依然不能排除这里有闵的心计。

以往的春天，裘利安都有一个新女朋友，仿佛春天就是换女朋友的季节。而一九三六年的这个春天，他一点也没这心情，虽然他和闵从相识到现在，远不到一年时间，而且，他们的私情时间更短，但已觉得与她度过好多春天了。

学校里正在闹学潮，学生在反对校长和"他的一帮"对日侵华的抗议的不合作态度，他们要求校长辞职，很多教授在表示与校长"共进退"，以示支持。如果学潮闹成真了，很多人的高薪教职就难保。裘利安的同事们正紧张着，日子不好过。中国大学生很不幸，政治精力没别的出路，不像剑桥政治活动，主义太多，学生就无法集体行动。在这里，他的工作倒是保险的，大家心里太乱，没人来注意他。他原是个喜欢社交的人，因为闵，他变得故意孤僻，尽量少参加社会活动，更不引起人关心。

第二天一早，仆人们出去后，裘利安等门钥匙转动，但是没有声音。他以为闵有事不能来了。这时，卧室门突然被推开，他光着身子，从床上跳起来，冲到门口，把一身凉气的闵拽进来，抱在怀里。

就在房门口，他把闵的外衣脱掉，非常惊奇她里面什么衣服也没穿，可能前几次都是这样，只不过他未发现而已。只套了一件旗袍，就这么从家里穿小路跑了过来，难怪她的身体仍是那么凉。明显她是省一秒钟是一秒钟。她的想法被看穿，脸害羞地红了。他抱起她上床，她赤裸的身子紧紧贴着他，她的乳头又出现了那种最迷人的凸起，嫩红中带一点赭褐。

这时，他闻到她的身体发出一种很奇怪的香味，淡淡地涌过来，他一闻见，立即就兴奋起来，他的手滑进她，那儿有同样奇怪的香味。那天他们的交合，又回到北平那种兴奋热烈。被子早被他们掀掉，也一点没觉得冷，一直到事完之后，他们才盖好被子，闭着眼睛抱在一起。这次她不愿意再看怀表——她根本就没有带来。

裘利安问闵："你的身体怎么有一种气味，以前没有闻到过。"

"用了香水。"闵简单地说，抱他更紧。

裘利安咬住她的耳朵说："我绝不再相信你，我知道你，又在玩什么魔术。"

闵笑了，为了让他着急似的，稍稍过一会儿，才告诉他：这是母亲留给她的一种药，麝香。

他觉得不对，不是什么香料，只有她脱掉衣服裸体时，他才能闻到这种性刺激的香味。如果她只是用麝香沐浴了，然后跑过来，那不能解释为什么她越是性兴奋，香味越浓。香味浓郁时，他似乎像在北平鸦片馆里那样不能自已，性欲在血里潮涌沸腾。并且，他再也没有以往早晨偷情的那种危险不安的感觉，虽然还是注意时间，但已不干扰他们的享乐。

她肯定没有说出全部秘诀，不过他暂时不想弄清楚，他知道他不会弄得清楚，即使说全了，他也不会弄得清楚。

在北平，那是特殊的局面。只是现在，他又失去控制，迷醉在她的肉体之中。两人关系继续不继续，仍是由不了他。

又一次欢乐之后，一个从来没有想到过的念头突然跳进他的头脑。

"会有孩子吗？"

裘利安扔出这句话来时，闵愣住了。"想要孩子？"闵反问一句。

"为什么不呢？"

"这样你就得和我结婚。我以为你是不愿谈这事的。"闵不无怨尤地说。

裘利安说："好，好。"他本意是想问这是什么原因，不是问后果。他一向认为很能对付女人，无论怎么样的女人，被女人这么问时，既是考验也是调情，当然也是预防的必需。他笑了笑，问闵："这么久为什么你没有怀孕呢？"

"因为不必让你伤脑筋：结婚或是不结婚。"

裘利安被她的犀利刺了一下，很不舒服。他想知道她和郑为什么没有孩子。

"我只是问你怎么能控制住自己不怀孕？"

"这是秘密。"闵也笑了笑。

有的女人迫使他在体外射精，那最后的抽出，要很大的毅力，很不舒服。闵在这个时候，从来不希望他离开一寸。

他说："上帝不给孩子就不会有的。"

闵说，她知道他是在暗示她有不孕症。"不，不是这样。再讲一点秘密：我一向用麝香练房中术，现在已到了能自由阻止精子与卵子相遇。"

她说，就是那刻，裘利安感到她在咬紧他最舒服的地方。那就是"守宫法"，一旦放开，精子就会冲进去。

裘利安想，那感觉的确使他有种说不出的快感。

"同时，我真不愿意用这种方式逼你结婚。"闵说，"实际上没有用。哪怕怀了孕，你一甩手就跑回欧洲，我追你都追不上，追上也没意思，被迫的，你很快就会厌倦。那时我就只有死路一条，自杀了事。"

裘利安不想听下去，这是对他的自私最尖锐不过的指斥，而他完全不是那样自私的人！"让我们来做个孩子，你就会看到我将怎么行事！"

他热情洋溢，真的结婚，生个孩子。为什么？但又为什么不呢，闵骤然揭开他们关系的全部简单谜底，把他搞昏了头。

虹的形象

在这段时期,他们做爱非常和谐,甚至高潮都是同时来到,也没有为偷情短促抱怨过。日子过得有意义,日子也消失得迅速。裘利安觉得他们的关系又开始进入自由的地步:一种纯粹的性,一种纯粹的性享受。

闵在一个雨过天晴的早晨说,因为他们两人的欲望特别强,那么若怀孕的话,一定是个女儿。应给孩子一个有特别纪念意义的名字,《诗经毛氏注》有段话,她印象极深:日与雨交,倏然成质……乃阴阳之气不当交而交者,盖天地之淫气也。

"就是虹的形象——hóng。"她边说边在纸上写下"虹"。

闵说中文时,举止优雅,眼睛充满神秘。"《诗经毛氏注》还说:'言虹在东,而人不敢指,以比淫奔之恶,人不可道。'"她笑了起来,"你看我在为自己、为我们的行为辩解。"

这是闵的说话方式,以古诗来暗示他,"淫奔"远走他乡。

裘利安只能说，他没有全部弄懂。但他是在这个早晨明白闵非常渴望和他在一起。

虹时常出现，横跨海湾、山、海湾。百海湾之城市的青岛，春夏之际经常是雨还未停，太阳就即刻出现。虹灿烂的色彩在小鱼山上观望，从来都是气势磅礴，有时从山坡直升天顶，有时是半圆形地搂抱大地。

虹在天空时，裘利安就诗意地想那是他们的女儿，他善良、单纯、富有同情心爱心地仰望着，感到世界真如虹那么美好。仰望着，仰望着，他会情不自禁地呼唤出这字的中文发音："Hong"。

裘利安比闵沉不住气，问："有没有？"

"有什么？"闵有点吃惊，"你是指孩子。我没有那么傻，我没有解开守宫术。"闵淡淡地说，"当然不怀孕，直到对你方便的时候——先结婚，再有孩子。不能让她成为私生女，对吗？"

他被闵看穿，极为恼火，他的确并不准备说，孩子应当有世俗合法的父亲。这个先决条件，在他的生活中不应当存在，在他的思想中也不存在。

那天两人刚开始亲吻，就收场了。

"那你只是为了采阳补阴。"裘利安对闵无心性交，更加恼怒。

"别说傻话。"闵平心静气地说，"如果我们真正相爱，就得有个解决的办法了。"

闵直截了当地提出私奔，去英国，去美国，她有足够的钱，不会存在经济上的困难，到中国之外世界任何一个角落都行。她受不了这种偷偷摸摸，受不了一个小时的欢娱，她要更多小时。

要的不过是时间,但实质上要的是他整个人。

她再也不是跪在他面前,像一个妃子或小妾,以他为帝王的那个闵了,她面对着他,等着他的回答,这次她不让他闪开去。

"这很不可能。"裘利安毕竟是裘利安,他一直有破心人的绰号,母亲也这么说他。他对脸色变白,但仍然站在原地不动的闵说,理由很简单,因为他们的婚姻不会快乐,他从不认为婚姻、任何婚姻本身是值得的,在四十岁之前,如果他能活到四十岁,他绝不想考虑这个问题。而不结婚的私奔,对她没用。

"不,你在哪里,我就在哪里。"她开始说绝话。她感情之丰沛,会压倒他的抵抗,经常能够改变他,因此他尽量不去看她。

这是裘利安第一次看到闵失去自制力。开始,她还勉强地微笑着说话,后来,就无法维持镇静。她声音发抖,最后几乎是声泪俱下。她的英文也乱成一团,使裘利安更觉得受不了——他最恨女人的歇斯底里。再浪漫的关系,经不起一次女人的发作。

她说,她要自杀,她母亲死之后,她一直就没法疗治这种黑暗的伤口,奔丧时,这念头就占领了她的心思。裘利安来青岛,缓解了她,但他的无情现在反而又加强了她这心思。他不把她当回事,只是作为一桩私情或艳遇,甚至一个字母,多一个字母,增添一种异国性经验而已。

"我要吃氰化钾。"她一字一顿地说,"当面死在你跟前。"

好一个讹诈!裘利安暴怒了。闵什么时候偷看了他的遗书!这是他最不愿意任何人看到的东西,总是小心翼翼地放在皮箱夹层的笔记本里。他的秘密,绝对不能让人看到,因为他至今还没有实行的意愿,或者说，还没有找到机会。对此，他尽可能不对自己做出解释，反正这个世界上谁也不知道。但是，这始终是他的一个心病，虽然他决不愿毁掉这份遗嘱。

是不是有可能，她并没有看到过。裘利安看闵的脸色，没有一丝嘲弄。

或许，只是巧合。

氰化钾，似乎全世界都有。

好像在回答他的疑问似的，闵又咬着牙加了一句："我能弄到，中国人用砒霜！"

闵又说，她喜欢这种自杀方式，快而简单，但如此结束生命，其实最残忍，因为救无可救，无法后悔。

若没有这个偷看遗书的可能，令人恼怒的可能，他肯定会对这个解释开怀大笑。自杀还谈什么救不救？自杀本身作为要挟？

但是，对不起，今天整个闹错了时间。他的思想全部被遗书的事占据，根本不愿听她的哭诉，也没有心思在意她的什么心灵创伤等等。他有理由变得格外冷酷，对任何女人的自杀威胁都无动于衷。她的威胁，到底能走多远，走到什么程度，他有兴趣看着。

况且，他还没有想现在就中止他性自由的生活，放弃与别的女人有性关系的权利，那未免太傻。起码在青岛大学两年教书合同期结束回英国之前，他不想。闵不会喜欢乱交，她不会容忍他和别的女人，也不会在爱他的时候，与别的男人睡觉。这是她自己的不幸，与他无关。

裘利安抱怨，忧伤地想，没有一个中国女人，会真正具有布鲁姆斯伯里自由女性的精神,像他母亲一样,结了婚的只当朋友,只能当朋友的反如结婚一样,两者都长久。

接连两天都是细雨,绵绵不断。裘利安当然不肯相信,这是闵的泪水,上帝不可能站在她一边,认为他对她不公正。他在校园里,没打雨伞,而是戴着斗笠,披着雨衣。斗笠是他从当地一个农民那里买的,他觉得这种大檐帽很别致。下课时学生们说,今天下午必有大雨。裘利安决定雨越下大越不回家,校园海湾边必然会有少见的清静,在大风中,柳树、芦苇晃荡欲折,大卷大卷的云团中撒出闪电,整个小鱼山被雨雾笼罩,变化多端,就是一幅迷人淡墨的中国画。

有几种可能性,一是打个电报给母亲:"真相大白。"整理行李,打道回国,不管这一切;二是,公开同居,让闵与郑离婚,他们结婚,在中国另找份大学教英国文学的工作;三是在国立青岛大学等着闵自杀,等着人们揭露真相,全校师生指责他负心,然后,他逃出中国。还有第四个选择吗?

当然有,他早就准备的。

不过,闵看来不是真心的,只是威胁,只是愤怒,但她的真真假假,他很难弄清。中国女人的贞操观,来这儿的几年前,就听罗杰·弗莱说过,中国每个地方都有本地方史断代史必有的"烈女谱",里面全是敢抹脖子、上吊、撞墙的女英雄,了不起,把贞操名声,看得比财富比生命重要,爱情则不值一提。

闵会是这些古代愚蠢女子中的一个?她受过西方自由主义式的教

育,又有道家虚涵为人生准则,能化解一切幻化假象,养生养性,长生不老。她不过是发泄内心强烈的不满。

在做戏。不过想想他们俩之间的一切,仿佛全是在做戏,中国人的戏不就是真实?真的也分不清,起码他无法区别。雨点变大起来,天并未变暗。

郑迎面而来,打着雨伞,他比平日瘦了些,两人停在海湾边树林的小道上客气地打招呼。裘利安这个时候最不愿见的人,一个是闵,另一个当然是郑。但郑似乎一点点蛛丝马迹都不知道,他的态度一如以往,只是急匆匆。他走开了,还回头对裘利安说,拜读了他的诗和论文,觉得很佩服,欢迎裘利安有时间上门去坐坐。

裘利安心里有阵发热。他的诗集,是给过闵一本,他写弗莱的美学论文,只是偶尔在办公大楼与郑在一起提了几句,某几页请总务科打字作为对弗莱学说的介绍材料,郑看过。郑的赞赏态度,自然使裘利安感激。郑是一个君子,又是一个著名学者,对他一直不错。

欺骗这样一个不知自卫的人,有点不道德。若郑有一天知晓他与闵的私情怎么样?对他当系主任的尊严,对他在中国知识界的面子,岂不是很大一个打击?他相信郑本性是理智的,不会闹得太厉害。

裘利安在雨水淅沥的世界,弄不清是直接告诉郑,或是继续蒙混下去,等郑总有一天自己发觉此事。

布鲁姆斯伯里的人,最崇奉莫尔《道德原理》,以"享受美"为第一道德原则,这个原则总与其他古老道德原则相冲突。裘利安心里乱极。

裘利安朝校门口走，叫了一辆人力车。校园的体面让他受不了，但校园的不平静，有时甚至充满阴谋，也让他受不了。母亲给他的一封信，信封样子有点怪，闵告诉他，肯定是被郑的一个"敌人"教授打开过。这使裘利安紧张和愤怒，隐私权在这堂皇的大学也没有。中国人太多，中国人无妨恨中国人，但从他母亲的信中有什么可以发掘的？

他让人力车带他去看本地特色的街，车夫答应着。他只管坐车，好像过了相当长一段时间，似乎是在胶州湾往南。有的地方是参天大树，绿色一片，街道隐在朦胧的水雾之中。下雨天人也不见少。人力车停下，让他拐过街口往左走。他过了街口拐入左边，眼睛一亮，果然有一条花楼街，还有茶馆、酒楼、各式店铺，几乎全是砖木结构，房屋的梁柱或描绘或雕刻山水、花鸟图案，有的门窗也镂空雕成古香古色的花纹，街口有牌楼，更是五彩缤纷。

逛荡够了，也饭饱酒足，天阴暗下来，裘利安来到海湾码头。天空还是飘着密密的细雨，海水面上，雨水溅起小小的花朵，即刻就被大小轮船的波浪颠覆。他看看时间，六点半，或是六点三刻。他醉了。他站在等着开往黄岛的渡轮前。周围都是等候的旅客。

裘利安对警察说：走吗？中文醉了说才准确。

"什么呀？"

"船。"

"Meiyo，Meiyo。"警察回答他。

风把裘利安的斗笠和雨衣掀起，他用手去按住斗笠，任雨衣在风里雨里扑打着他的身体。这风说起就起，就跟人的脾气一样。渡船不开，戴斗笠穿雨衣的好处出来了，一旁的旅客伞不是被吹翻，就是被吹到海湾上，有的人只能用力撑着，顶着头对着斜雨上跳板。

裘利安也只能坐到候船室里，肮脏不堪，满地是吐的痰，挤满了过不了海湾的人，男人的汗酸臭，孩子的尿臭，女人的叫骂。他奇怪，怎么每当闵不在身边，他就看到了中国的贫穷脏乱。

两个小时后，裘利安才坐上渡船。酒劲被风带走后，头脑里只剩下腥臭味，变得又痛又重，轮渡靠拢黄岛，他才发现自己整个弄错了方向，赶快乘原船回来，时间相当晚了，遇到一辆出租车，这才回到小鱼山，心里想到家就得再来一小杯白兰地才行。

裘利安没有直接回家，而是来到闵的房子前，在一棵槐树前站着。底楼客厅有灯光，温馨的日本式的灯罩，有郑的身影，楼上闵的书房却熄着灯。这太奇怪了，怎么会来到这儿？酒还是没醒，雨似有似无。裘利安骂自己，像个痴心的情人，这哪是我？屋内毫无异常，当然，她活着。既然活着，就不必在树下看望下去，他咬咬牙，往他自己的家走。

每天早晨闵都来，她几日没来，他一下觉得生活中出现一大片空白，茫然，不知做什么好，完全不习惯。不见她，见不到她，他很难快乐起来。

十分钟，从一幢房子到另一幢房子。这是闵以往清晨来往的路，裘利安能想象闵不是像他此刻这么狼狈，如一条快没气的牛。她每天清晨来，一丝不挂的身体，却套了件漂亮的衣服，每次都不同。她穿过竹林、花丛，拂去树枝，从斜坡窄坎上赶过来，她一定是跑着的，为了节省时间,为了早一点见着他。而这小道实在难走,有的地方太陡,雨后更滑,她怎么跑上来也没喘气,也没叫一声苦。

就十分钟左右的路,与他房子相似的另一幢房子里,本就应该只属于他的一个女人,和另一个男人在一起。他们会有性生活,与所有结婚了九年的夫妻一样,当然喽,呆板,没有激情,公式化,或如兄妹?但九年的时间,感情不应淡薄?

不管是哪一种形式,裘利安都受不了。

进门后,两个仆人就帮他揭去斗笠雨衣,侍候得异常小心。"先生,要不要醒酒汤?"巫师问。

裘利安在沙发上摆摆手,然后说,给他来一杯法国红葡萄酒即可。

"还要什么?先生。"田鼠问。

"让我一人清静。"裘利安一下子脾气火暴起来,他以前从未这样。

这是发疯,还真不如去找出那点氰化钾。要不,死在她怀里也是快活的。不过那就不用氰化钾,让闵使出全套道家内功,采掉他的全部阳气就是了,就像那本《金瓶梅》里的男主人公不光彩的结局一样。

红葡萄酒很爽口,顺着喉咙流淌,周身顿时舒畅极了。他哈哈大笑,把两个仆人吓了一跳。他会为一个中国女人,哪怕她才貌双绝,哪怕世上无第二人比得上她的床上功夫,哪里值得为她搭上自己的性命?笑话!

9 还是渴望海洋

第二天,裘利安有意七点三刻就出门,这样不管闵来不来都找不到他。他十点才有课,就去了办公室,每个教授一人一间。在走廊裘利安被人叫住,是两个西方女人。自我介绍说是英语系新聘的临时教师,一个来自美国,一个来自英国,都是丈夫在青岛做生意,往来于青岛与本国之间。她们在家闲不住,来做语言教师,自称是打发时间。

裘利安很高兴,与闵的私情,使他几乎没有别的朋友,主要怕碍事。生性善交际的他,在欧洲,哪怕与女友在一起,到哪里都是呼朋唤友一大堆。

面对年轻女人,年轻本身就是美,漂亮不漂亮就其次了,况且两人也不能说没有迷人之处。追逐新女人的兴奋回到他身上,使他亲切温和,又变得风度翩翩,谈笑风生了。两个女人喜欢开玩笑,一见面就让裘利安请她们,而且要分别请,她们笑着说。而这正合他的意。

上午的课结束后,裘利安就和英国女人吃午饭,晚上和美国女人吃晚饭。两个女人实际上都是单身而自由。语言轻车熟路,调情恰到好处,懂与假装不懂都一目了然,一点到位,一针见血。

那个美国女人对政治更感兴趣,至少装得感兴趣。晚餐在湾东区的回首堤酒楼,座位看得见海湾边及旧租界繁华世界如繁星似的灯光。

她问:"学校里有没有共产党地下组织?"

"好像没有吧。"裘利安不想回答清楚。实际上他一直没有去弄清楚。可能许多学生持温和的马克思主义观点。裘利安说有一次他在课堂上讨论"马克思主义者如何分析陀思妥耶夫斯基的小说"时,一个个学生的脸立即恐怖,真是有趣。估计一些学生怕他说出攻击马克思主义的话,弄得他们为难。

他们喝着酒,品尝佳肴,什么鱼,哪样虾,哪种肉,怎么吃,裘利安已是中国菜的老手,至少对这个刚从美国来的女人可大吹一顿。他们从布鲁姆斯伯里的圈子聊到欧洲的危机。裘利安不相信欧洲的危机会波及此地。

但是他对中国的事略知一二,几股红军都向中国西部荒蛮之地行军。北平军警突袭清华,逮捕了"激进派"学生与教授,共产党帽子满天飞,这两个原因,都可能弄成这里同情罢课。

裘利安举起酒杯,说:"来,像中国人干杯一样。"他首先喝完了杯里的酒,"就为了罢课吧。"

美国女人喝完一杯,脸红红的,她抽烟,姿势优美吸引人。她用脚将椅子钩一下,离裘利安近了些:"一旦罢课,你干什么呢?"

"做爱。"裘利安想都不想地回答。

这女人吃惊地看着他，裘利安也看着她。然后，对看着，看谁先把脸害臊地掉转开。结果，还是那个女人转开眼睛。不是由于他的话本身，而是他说话与眼光看她的无赖劲儿。

他高兴地微笑起来。这个夜晚他从青岛回到欧洲：这是他的游戏，他喜欢用吓人一跳的话，把女人的情欲调得高高的，也有本事将她们不留情地推到一边去。

他说："如果不罢课，我就要开讲'剑桥自由主义学派'，从莫尔到罗素，不能细讲，但我会推动学生思考自由主义的原则。"经他这么一说，他很自豪，自从把普鲁斯特的小说的英译硬给学生喂下去以后，他现在已成了相当不错的教师。

对方叹口气，她对这些文化界的事不太所知，也不感兴趣。"有意思。"她说。

裘利安今天还不想和她上床，明天的事，明天再说。他知道自己在干什么。

现在裘利安又是一个快活的人了，他与两个女人频频吃中、晚饭，有时还将她们同时请到家里来吃。两个女人都装作不在乎的样子，但暗中与对方较着劲地争夺。他也乐滋滋地和其中一个在校园里成双成对地出出进进。西方人男女之事，校园里无人当一回事。因此，他尽可能把游戏玩得公开而堂皇。

但他的快活日子不太长，当他还没有来得及下决心把她们弄上床时，他自己停止了这游戏。

闵在裘利安早晨去学校教学区的路上，截住他。她一身白，一反平日的雍容华贵，布旗袍，布鞋，也没施脂粉，梳了两条长辫子，与校园里一般的女学生一样朴素。但她瘦得可怕，瘦得五官显出凄楚的美来。

裘利安预料早晚会遇到闵，但对这样拦路，还是很不高兴，张口说："你还活着？"一说话他就发现自己最近一个时期玩笑开得太多，怎么开口就这么残酷？

闵好像没有听到，说她准备说的事：

"你有了L、M，祝贺你。"她痛苦的皱纹不是在脸上，而是在眼睛里，如同她身体的秘密不是在穿着衣服的时候，而是赤裸之后，她才真正神秘。如果裘利安无法弄懂一个人，那只会是闵。

"没有的事。"裘利安一口否认，他本想对闵绝不否认。

闵笑了，走近他："为什么要撒谎呢？你英俊，潇洒，有吸引力，文学世家之子，年轻的教授和思想家，才华横溢的诗人，没有女人不爱的。"

她的微笑仿佛是鞭子，抽打在他脸上。她从来没这么——罗列出他的长处。

在他听来，她并不是在讽刺，也不像在指责，她一定觉得非常冤枉，爱上一个不配爱、侮辱她的男人。这时，他又一次诅咒自己不该陷入爱情里。爱情，包括一个女人的肉体，对一个男人不算什么，可他每次和她做爱，迷恋的也包括她的肉体，他不承认爱，但他每天闭上眼睛，就看见她，那就是爱，他只是不肯承认而已。

闵的眼睛盈满泪水，那泪水越积越多，他的心越来越沉重。闵看上去在竭力不让泪流下来,她说,她为爱错一个人后悔,为该彻底忘掉又办不到愤恨自己。

她渐渐靠近他,她的眼睛突然镀上温柔,全是爱,没命忘命的爱。

"别这样。"裘利安抵挡不住,只得说,转身不看闵。

"你情愿看到我死,对吗?"闵的气息,他熟悉的,那种令他心醉的气息,"我会的,但,裘利安,求求你,在这个时候别抛开我。"

"我没有。"他一味否认,自己也不知道在否认什么,像是说没抛开她,也像是说并没有想看到她死。

她的眼神没有亮点,她的呼吸变弱。裘利安突然醒悟过来,爱情是她身体和灵魂的粮食,她可能真想自杀——她是不是有一种绝闭性命术?她再三说过"要当面死在你跟前"。他认为自己和那两个女人鬼混很卑鄙,因为他根本不爱她们。

裘利安无法再忍受自己的罪孽感,他一把抱住闵,大声说:"我爱你。"第一次明明白白地说出这句话,他自己也吃了一惊。他又加了一句:"相信我。"

闵一时呆住了,但她的呼吸缓过来,她看着他的眼睛,很无奈地摇摇头,低下脸说:"我知道,我很贱,以死求你爱我,你这是在同情我,但我已知足了。"闵抬起头来,脸和嘴唇有了点血色,好像灵魂又返回她身上。"我母亲说过,贱的对面不是贵,贱到底那才是贵。"

她挣脱开裘利安的怀抱,让他先走。

裘利安走了十几步远,回了一下头,闵不在小道了。他在一片绿色里穿行,突然听到鸟叫,还有猴叫。这才发现他走了相反方向,远远离开校园,在山中密林里迷了路。鸟和猴你叫一段,我再叫一段,热闹着呢,却很难看见它们。一朵一朵的杜鹃、牵藤花,叶片花瓣,都比平常的花叶大几倍。天光穿过密林,一道道一线线地漏下来。

他塞住耳朵,深呼口气,静下心来。朝准了方向,也就出来了。

教室里学生们等急了,裘利安晚到四十分钟,学生已经去他家里、办公室找过,找不到人,就慌了,报告了郑系主任。

裘利安在课堂上第一句话就是:"抱歉,我迷路了。"说得太认真了,他首先笑起来,学生们笑起来,是被他感染的。

这一整天都不真实。

晚上和英国女人有约会。他不想去,但要取消已经晚了。于是,他回了一次家,特别换了西服系上领带,头发也梳得齐整,他与闵见面从来没这么俗气的打扮。

英国女人也特地打扮过,不知怎么打扮成中国女人,香烟广告上女明星的架势,穿的是旗袍,戴的是珍珠项链,头发烫过,插了两朵鲜玫瑰,红色的。

"你怎么心不在焉?"她立即觉察出来。

裘利安直抱歉,说吹了山风着了凉,身体有点不舒服。

她却高兴起来,可能认为他这样了,还来赴约。她越高兴,裘利安就更不对劲,西方女人心不细腻,如果是闵,一定会强迫他回家休息。而且西方女人,无论什么长相,穿旗袍就是不伦不类,样子有点可笑,很像伦敦舞台上毛姆剧本中的中国女人。性感的旗袍是专为覆盖中国女人的肉体，而存在于世上的。

他不想看她，就自然地掉头看门口。正巧看见美国女人和一个西方男子走进来，原来如此，人家也不让时光空闲着。当然，本该如此，在他与别的女人约会时，他对面这个头发插鲜花的女人也会另找快乐。

凭什么这样去想她们？是我神经太紧张。裘利安闭了闭眼睛提醒自己：我也是在与她们玩游戏，谁也不欠谁。这是自由的游戏，因此，不可能有真情实意。

这顿饭吃得很费劲，很辛苦，他努力凑趣，让对方不太难为情。她的话太多，以前他一点没觉得。他只盼着最后一道水果上来，酒喝完，就叫车送她回家。

两人上出租车后，英国女人说裘利安不舒服，她得送他回家。他没勉强。

到房门口时，他吻吻她的脸颊，就说晚安，完全没有邀请她进去的意思。

他关上门，为摆脱这个女人，松了一口气。室内盆花月季、仙人球、翠菊都在继续开花，杜鹃花凋谢后，仆人田鼠种了一丛小竹。田鼠说，这是湘妃竹，相传舜，也就是中国开天辟地第二个帝王，南巡苍梧而死。舜的两个妃子，许久没有消息，就沿途追寻，忽闻噩耗，在湘江之畔痛哭，眼泪洒在竹子上，竹子上的斑点就是她们的泪水。

裘利安很喜欢这个中国民间故事。他洗完澡，就上床。在床上折腾许久也睡不着，起来，放一张唱片。房子里有了音乐，像木鱼，又像水滴声。停了音乐，就能听到庙宇钟声，他闭上眼睛。

夜莺在啼唱，石头掉进水潭的声音。一个云发高髻缀满珠玉的中国美女，从竹丛里走出，朝他卧室走来，他认识她，她哭泣的样子也很美。

莫非我死了？他躺在床上，想起来，费尽力气也没办到。这时，她在一件件脱衣服，使她变成一个朝代一个朝代的人。

她一边脱一边大声斥责他："你就是怕爱，谁爱你，你就伤害谁。你在浪费时间，生命却在逝去，等我不存在了，你才会感到没有我的可怕。我本来就是你生命的一部分，你拒绝，就等于拒绝你自己。

"我根本就是处女，重新又是一个处女，就像初恋一样地渴望爱。没你，我就完全不是我，只有想到你，仅仅想到，就不一样。你想和其他女子逢场作戏来忘掉我，背叛我？你看，我脱到这最后一层，已是现代女性，再脱，就是纯粹的女性，你怎么来表示你的感情？"

衣服脱完，她裸着身子，伏到他身上来，像蛇一样扭动。他觉得下面已经撑不住。"又早泄了。"就像他们刚开始那样。

她显然很不满意，狂暴地给了他一记耳光，又重又狠。可他怎么不觉痛，只感到她对他充满鄙夷，使他汗颜，做个男人干脆不够格。

她走到船形桌子边，裸着躺了上去。"去也终须去，住也如何住。"她的声音很轻很从容，像在念古诗词。

船和她一起浮游出窗，他跟上去，但船很快飞走。他大叫一声："闪！"醒来，才凌晨三点钟。

这个梦，裘利安每一个细节都记得，梦里的事从来都稀奇古怪，不必在意。"去也终须去，住也如何住。"这话他也记得。

这早已停了的留声机,这满屋子的绫罗绸缎,这两个瓷花瓶,这船形桌子,这楼上楼下的花和画,锦绣芬芳世界,是由于有闵,没闵,这世界就残缺,就不真实。

他早就意识到这点了,这刻更意识到这点。我最爱的,我就毁坏。看着我和她痛苦,真是折磨,我反而沉浸于这种折磨。我为什么要害怕爱?我对待自己首先就像个暴君,不用说对闵了,我其实仇恨自己。

裘利安在房子里找闵送他的那条黄缎子手帕,他在找那K字。可就是没有。找得狂躁起来,找累了,坐在楼梯口上。

决定不找了,什么事都得归于自然而然,万事不可强求,又是道教思想。他苦笑,这么说来,不找,他就会在不可知的一天,与之不期而遇。

一早,裘利安让仆人们出去买菜,他盼望门在八点后被一只纤细好看的手打开。八点一刻了,门还是原样,他听不到他熟悉的脚步声,就穿衣出去。

他朝那个有大花园的房子走,不用跑,大步大步疾行。

闵就坐在自家门口台阶上,像等着他似的。

太阳正从山顶树林间升出来,两人都笼罩在阳光中。"我做了一个梦。"两人望着对方同时说,同时住了口。

她梦游般地站了起来。他禁不住朝前几步。

难道他们真的同做了一个梦?裘利安想,若这时闵给他一记耳光会怎么样,那样会很痛快,很过瘾。但是,他要对她说,他一早就在等她，她会跟他过去，他用身体来为梦里梦外的一切误会赔礼道歉，重归于好。

他已经要开口。闵身后的房门吱嘎一声打开，不是郑，而是一个裘利安不认识的青年男子，高大，穿了一身乳白的西装，领带鲜艳，三节皮鞋。裘利安总以为他至少比大多数中国男人长得更有男子汉气，现在，他看到这个中国男人，比他更有吸引力。

那青年男子朝裘利安敷衍地点点头，挽着闵的手朝校园里走。他身上有种高傲的气质，甚至不屑跟他打招呼。本能的反应使裘利安火了，她的新情人！新月社的人！闵和他一起行走的样子极熟，而且举止中有一种长期的亲密感。她说她等于是个处女，好个谎言！梦中说的？梦中的谎言！

裘利安想，他是昏头了。

他想象闵赤裸的身子，在另一个男人的怀里，那个男人，滑入闵那如花的地方。他愤怒得浑身冒火，心跳都加快了。

他气得跑进图书馆转了一圈，像是在追他们，又不像。然后就到办公大楼，但上课还早，他与郑在楼梯间碰见，真是巧合。与郑随便聊了几句，他毫不思索，就说他看到有个男子和闵在一起，长相不错，应该说是完美。此人与闵关系不寻常。

郑笑着说："那是闵的弟弟，从美国刚回来。路过青岛，要不要给你介绍？"

闵的弟弟？十三四个妻妾的父亲，那有多少兄弟姐妹？裘利安也开玩笑地说："是啊，能介绍当然好，我就是有点家族病，对男人长相注意些。"他一笑起来，整个人很放松。

郑被一个教师叫走了。

裘利安并不感到如释重负，他刚才的反应太过分，太戏剧化，简直丢脸透了。如果那不是闵的弟弟，他对郑说的话，会有什么后果！他等于在告密，直接伤害闵。

为此，他非常难受，他竟然做出他最讨厌的事。

"这儿的一切真像一个差劲透了的小说。"很多年前，父亲克莱夫对弗吉尼亚阿姨就这么说过。现在才明白，父亲、母亲、阿姨，三人的关系在很早以前，在他将出生前，就是相当难堪的。只是他们都号称英国最彻底的自由主义者，公众注目的知识界头面人物，自己宣扬的原则，不得不贯彻始终，摆出出奇的爽快劲儿。到感情出现疙瘩时，比如现在，阿姨就会报复一下，例如拒绝出版他的论文集。

『不嫉妒』

第二天早晨，裘利安躺在床上，闵会不会来呢？她会的。因为这一切乱糟糟的事，纯属无中生有，当他们在一起，一笑了之，能扫清全部误会。仆人们走后，门有响动。有人走入，接着是门关上的声音。裘利安就等着那上楼的声音。在安静的早晨，那轻轻巧巧的脚步，比鸟的鸣叫动听。

房子里很静，太静了，久久没有声音。

他忍不住，没穿衣服就奔下楼去。湘妃竹盆前搁着一个信封，是给他的。拆开，包着一把钥匙，还有一个手订的小册子。这房门钥匙，是他以前给闵的。她的确来过，她的气味还在屋子里，他能感觉到。钥匙还给他，就是说她以后不来了。

"我不是已经明确说了我爱她。难道我没说吗？为什么她还要耍我？"他几乎要咒骂了。

中国女人怎么这么难相处？也好。很好。这样对双方都好——她已看穿了男女之间的事。不过,他对系里那两个女人,被闵弄得一点兴致也没有了。

他想起,今晚英国驻青岛领事馆有个招待晚宴。到中国后,裘利安本来尽可能避免与任何官方机构打交道,上次学生游行他加入,受伤后,或许已经成了领事馆注意的对象。但闵的事弄得他非常不快。想想,大模大样去,反而对他有利。

他穿好衣服,把钥匙放进裤袋时,才注意到,这小册子,好像闵手订的诗稿。闵在北平说过,她近段时间写了不少诗,她的诗没人欣赏,才把更多时间转向小说,不像小说容易得到社会承认,诗就是写给自己看的。

"我想看。"

"你不能,或许,你有一天会看到。"不等裘利安问,闵立即说,声音含糊,"因为……"

"因为诗的内容与我有关?"裘利安多聪明,他猜。

她摇摇头。

裘利安问是否认或是承认?

闵说:"都不是。"她突然低下头来,不是不好意思,而是在想着什么,眼光有点闪避。

为什么闵现在给他看?难道又扔给他一个谜?他翻看了一下,全是手抄工整的中文,只有一首,中文边上抄着她试着翻译的英文,标题没有译。他好奇地赶快读:

除了雨水,就是脆裂

在北方,铁栏栅上挂着一页信

蜷缩翅膀,三次了,三次都飞不走

你的心狂沙喧腾

在路边,遇见一个女人,垂着眼睛

裘利安很惊奇:中国现代诗竟然是这个样!的确,她的诗句简洁,但是非常含蓄,诗风非常东方味,这首诗是在写他,写爱他的痛苦,但点而不明。相比之下,他自己的诗就太笨拙了,比喻累积着比喻。或许他追求的是理性的密度,而她却与中国古典诗传统接近,以前他认为中国当代诗全是西方的模仿,明显是他的偏见。

她比我写得好吗?

他的自尊心受到伤害,但是说不出口。如果在床上输了,他可以说房中术是中国人的游戏;如果写诗输了,那可是他的游戏。才气不如,就是不如,不服气也没用。

他真没有什么可以在闵面前傲慢的地方?哪一项不比他强?差别无非是他的母语是英文,他读得多些的是欧洲文明的书。她的写作,她写的是中文,她对中国文化精熟,他所有的不过是语言文化本身的优势?

裘利安觉得他的事业走到死路上了。他的评论,他自己的阿姨认为不够格;他以前觉得作为诗人,有几首可传世之作。现在,他对这点也开始怀疑。他这个布鲁姆斯伯里骄傲的长子,竟然是个既无才气又无专长的人?那么,他这一辈子能完成什么?

新雇来的厨子,可惜不会说英文,但饭菜烧得比巫师和田鼠强多了。他还是以前闵介绍来的,跟所有的厨子不一样,长得瘦精精的,很少麻烦巫师田鼠,少了他们的事,他们乐得高兴。

冷静下来后,裘利安回到卧室,在书桌前坐下来。他在抽屉里找到闵的英文小说手稿《诱惑》。也是表示他的大气,他一向喜欢有才华的人。他将小说寄给母亲,附了一封信:

"寄给你闵的小说,可能会迫使你多给我写信。"

小说写的是一个长期等丈夫出国回来的少妇,丈夫带信说要回来了,很高兴,但是她在海边瞭望远行的海船,却看到一个矫健的游泳者,看到他的肉体之美,情不自禁跟了上去。等到那个人回头,与她说话,她却被自己的大胆吓跑了。只能在远远的沙丘看,那个人也停下,两个人在夕阳下相互凝视。小说就结束在这个悬疑之中。

"我无法使自己不相信是杰作。"尤其是她的叙述语调,很恬淡,优雅。可在中国,文学以道德为崇尚,就显得离经叛道了。闵从北平回青岛后把这小说给他,不知是否有所暗示?

"我希望此小说能在英国出版。"若这样,闵一定会非常高兴。为什么使闵高兴的事,他就愿意为她做,闵并没要求他,他暂时也不会告诉她。你不必怨我,你会了解我。你总认为我是个冷酷人。这是错的,人和人表达情爱不一样,有多少种人就有多少种方式。

位于汇泉湾的东瀛饭店,门口轿车出租车不断。三年前建的,六层钢筋混凝土结构建筑，外墙为浅蓝色，远望似战舰，通长式阳台，每个房间均能直接观海，算整个青岛最大最漂亮的饭店。裘利安到宴会的大厅，看到满堂男士领结、燕尾服，女士晚礼服。

由于特地装饰过，每个人心情都似乎不错。英领事馆这个酒会，看来请的大多是外国外交界和商界头面人物，同时也请了青岛中国人社会的精华。四分之三是西方人，大约三四百人。裘利安来的时候算是高潮开始之际，他看见国立青岛大学一些著名教授也在。侍者白西服白领结，端酒递点心。

香槟，红、白葡萄酒任选，裘利安好像又回到伦敦社交界，虽然他一点也看不起这些俗人。他格外口渴，一杯喝了，换一杯，另一种酒。介绍到每个男人时，他都说声："荣幸之至。"介绍到每个女人，他都温柔地说："太迷人了。"

这儿女人大都穿得光闪闪，稍稍一看，他就剔掉一大半。漂亮女人真他妈太少，西方女人一个不入眼，东方女人也差强人意。裘利安从一面镀金框大镜子看到他自己，鲜花簇拥灯光辉映之中，他年轻、高大，黑领结和西服对他很合适，在众多西方人中间，也显得气度不凡。

乐队不小，西洋人中国人都有，不太高明，但气氛不错。不少人在跳舞，他看到舞池中有个绝色的中国女人，眼睛自然跟了上去。她转过身时，一看竟然是闵。她穿着一身白，不，带点紫，准确说是淡得仔细看才是紫的紫，头发高绾在脑后，露出额头，戴了长长的耳坠子，无袖长裙贴身，使她显得颀长，同色的丝网长手套及肘，有点华丽。

闵怎么会在这儿？他到哪儿，闵就到哪儿！不过可能是巧合，他已有好些天没见到她。英领事馆开酒会在青岛社交界应当是大事，闵是著名诗人，她被邀请是正常的。

裘利安是第一次看见闵穿西式晚礼服，略施脂粉口红，使她如一新人。她没戴眼镜。裘利安记得他有一次建议她公众场合不必戴眼镜，但他是说跟他在一起时。她完全知道自己不戴眼镜有多么吸引人，也知道戴眼镜就定了型，像个职业妇女。她本来想做一个"进步"的职业妇女，但她不只是职业妇女。

她好像很开朗，喜悦，风姿卓绝，和她的舞伴，一个相貌堂堂的金发家伙边跳边笑边说。

一曲终了，新曲尚未开始，裘利安就走近闵，有礼地抢过她，才对那男士说了一声："能不能？"闵似乎没想到是他，她的反应很迅速，好像等着他似的，自然地将手臂搭在他肩上。她的袖口齐肩，圆润的肩膀露在外边，他一下子就注意到她光滑的腋下，心就热起来。

他和她手握着手，他虚搂着她，她开始低下头，但微笑并没有从她脸上消失。她的舞步极娴熟、优雅，一定是经常出入社交场合的。

她终于抬起头来，谢谢这音乐！裘利安想，她看他仍是他熟悉的深情的目光，湿湿的，热热的，他抱紧了她，她也由他。他知道她还是爱他的，她一直是爱他的。这么一想，所有的怨恨所有的愤怒都没有了，他从裤袋里掏出房门钥匙，从手心里传给闵，动作轻巧自然，任何人都看不出。闵看着他，微笑起来，他也笑起来。但笑容凝住，他突然想起郑，郑可能正在瞧着他们。

音乐正好停了，闵和裘利安朝舞池旁沙发椅走去。他扫了一圈，看来郑没有来，学校里风潮正闹上劲，好些课都停了，不会立即恢复。作为系主任的郑，可能没心思参加酒会。系里教语言的那个曾被闵当作L的英国女人也在，朝裘利安走来。闵认识不少人，当然也认识她。闵从别人那儿拿来钢笔，在裘利安手上写了三个字"不嫉妒"。他只认识第一个字"不"。

"Not jealous."她低声翻译。主语呢？谁不嫉妒谁？当然是说闵自己不。中文总是省略主语。

行，那就不嫉妒。

旁边沙发有人让座给闵，她谢了一声坐下，与朋友或熟人谈论，她完全变了一个人。好像她每说一句，就笑成一片。他知道闵在点火，他只能让火燃烧起来。在裘利安与英国女人说话时，裘利安故意深情地拿起英国女人的手腕不放。恭维女人，一直是他的拿手好戏，他注意到闵连看都不看他一眼，她有本领控制。

临街的大窗子，差不多和天花板一样高，对岸湾东区的夜景，在打开的落地窗可看到，在关上的窗子玻璃上只有金碧辉煌的吊灯壁灯，鲜花和叠叠挤挤的人影。

但在酒席上，正好他们同一个大桌子，裘利安就有点失意了，闵始终没朝他看，她依然谈笑，风趣幽默。裘利安没胃口，上来的头道和正菜，就尝了一下，他注意力全在闵身上。侍者送来一道甜食，冰激凌，每盘中间是一颗大草莓冒起来，太像闵的乳房。他未吃，而且觉得越闹越难堪，就借故离席，一个人回了家。

"不嫉妒"三个中文字，在裘利安的左手掌上，他故意留了一天才洗掉。依样画葫芦，他现在已经会写。"嫉妒"都是女字旁。好像中文女字旁的字，意思不是极好就是极坏。怎么想他还是不清楚，闵是让他还是说她自己不嫉妒？这些女字旁在他眼前扭动，非常性感。中国字果真是通人神的，这儿街上普通老百姓烧纸时，有字的都要放在一堆里烧，对天磕三个头，才点火。

裘利安想起庞德，他的诗里有不少中国字，以前以为此人是大糊涂，现在才觉察出他可能真是大天才，只有大天才，才会本能地敬畏汉字中的诗性潜力。

虽然明知闵不会来，裘利安一早还是把仆人们赶出去采购东西，不过是以防万一。一个小时的偷情，裘利安这才明白，对他来说，不仅仅是肉欲的需要。闵还会来吗？在他的梦里，她说"去也终须去，住也如何住"。这太神秘，太难解，即使闵重新拥有他的房门钥匙，就像重新拥有打开他灵魂的密码，但不使用，又有什么用？

但是，怎么去说服闵？而且要答应她到什么程度？

闵再也不会来了，不仅不来，在教室里，在校园里，在哪儿都看不到她，她一下从他的世界里消失不见了。上个星期他给母亲的信，照旧长，照旧谈生活琐碎，但对这件事，他只是简短提了一句"已经结束"，他非常不快：五月，百花盛开，谁的精神不振，谁就有问题。

我就是有问题的人！他恼怒极了。中国女人，漂亮的很多，马上找一个新的情妇，难道非闵不可？

裘利安走到闵的房子前，是一个星期天，闵和郑都会在家。敲开门后，仆人去通报："是贝尔教授。"

郑迎裘利安进门后，仆人茶也端上来。裘利安说他在市南区买古董：几个碗和一幅画，想请系主任夫人去鉴定一下真伪。

客厅一切依旧，盆花都是清一色的白花。裘利安好像记得闵不喜欢纯白色，他注意到壁炉上的镜框多了一个，一个是他们新月社的人和泰戈尔合影的剪报，那是第一次他来这个家时见到的；另一个则是他们夫妻俩欢迎裘利安的那个晚宴的留影，裘利安神情有点不安但快乐地站在照片中间，闵在一群人中和他离得最近。闵把照片放在客厅，名正言顺地，可以天天看见他。她聪明过人，这么说，她心里仍然有他。

郑说："闵不在，她每天都去城里。"

"市南区？"裘利安问了一句。

"一些北方来的作家诗人在这里访问，也是我们的朋友。她作为《青岛杂志》的编辑，算是主人，陪他们游八大关，去看崂山的太清宫——龙潭瀑，古代名人字画，今天可能去寺庙看五百罗汉。"

没喝完茶，裘利安就告辞了。

他不嫉妒。闵不来，不想来，并不是像他担心的，她没有自杀，也没有故意挑衅。她有她的生活。在中国文人圈子里，她受到尊重。他想起她的诗，她的才气，她的知识，富裕的家境，她一切比他强的地方。真的，连床上，他都不是对手，她又何必天天来哭着哀求他的爱情。

那天在酒会上，闵美得惊人，她的谈吐，她的亲切待人，他对她越来越着迷。她的洒脱劲当然是装出来的，是有意气他，让他不高兴。

好，好，她现在天天陪客，干脆与他无关，甚至不必让他知道，她已经没有感情依恋。

中国文人！他与系里那两个女人说俏皮话时，母语与学的外语，到了这种时候，就相去极远。那么闵与她的中国同行，岂不更是如此？他已经领教过汉语有意朦胧的花样。

"不嫉妒。"他惊奇地发现他不能不嫉妒。

他不仅是嫉妒，而是特别嫉妒。

裘利安的手上又有"不嫉妒"三个字，他写得大大的。字一会儿就被汗弄得有些模糊了。他希望闵出现在小路上，他一打开门，闵一进来，就变魔术似的变出一个赤身裸体的美人。他闭上眼睛，开始想念。

他没法再作任何否认：他想念她。

想念啊想念，猛然转成急切的渴望。以前每天早晨闵与他的性交，要他的命的紧张，也是要他魂的快乐，哪怕再给他一次，就是付出任何代价，他也答应。

市南区与小鱼山校园虽然离得并不太远，但是不一样，一到天色变暗，夜晚逐渐降临，闪闪的霓虹灯，把街和人都照活了。茶馆里人最杂，而像样点的酒楼、饭店、鸦片馆、戏院都是寻欢作乐顾客光顾的场所。

街头众人围着，只听得锣鼓和歌声。裘利安人高占优势，看到中间有一女子在唱，有好几个人跟随，边唱边跳。路边戏人，脸颊和嘴唇上扑点了红，道具简单，只有手上的花手帕和扇子，鼓声不断。

裘利安拐入右手一条街,走进帝国红房子。

他到酒吧,女招待正是那个白俄女郎,叫什么安娜的。喝了一杯威士忌,他说来学探戈。她直接带他下舞厅。他不太熟练这种过于复杂的舞,不过也跟上了。探戈本来就是男女你退我进、你左我右的勾引,他们跳得沉醉。当她仰倒在他的怀里,他俯身在她身上,就直视她的眼睛。

她住在酒吧不远的一个旅馆里,二层楼上一小间。事情完后,裘利安开始穿衣服。她在床上坐起来,问他,能不能留下过夜?

裘利安吻了吻她的额头,说谢谢了,下次再来。

他悄悄把几张钞票放在枕头边,不亲手给她,是为了免除尴尬。她看到也当作没看见。他当然不会再来,不是这个旅馆太次:除床铺干净,其他一切,包括窗帘都旧旧的,而是这种发泄性欲的方式,使他做过后很不舒服,想起就恶心,他讨厌自己透了。

天已暗下来,夏天了,怎么还有点雾蒙蒙的,而且晚风吹在脸上,带着丝丝凉意。街上行人不少,不时有人力车停下等裘利安,可他情愿一人走路。那个安娜,乳房和臀部都很丰满,典型的白俄女人,风骚,也会在床上挑逗男人。

他是闭起眼睛干那事的,想的是闵娇美的身体;在射精的那一刻,差不多都快叫出闵的名字来。白俄女郎身体健壮,毛发浓密,腋下还有一股味,皮肤粗糙得像砂纸,上面有好些斑点——西方女人大都这样,一年了,他记忆有点淡了。她们年少时稍好一些,一过三十岁,美色就永远消失。

闵如丝绸的皮肤，那有神秘香味的身体，他不能继续想，越想，他越觉得自己特别可怜，沦落而潦倒，正好与那个白俄女人为伍。

不！他绝对不可能给那个白俄女人一个字母——在闵之后，他没有给任何一个女人一个新的编号，哪怕上了床，也不行。他偷偷付了钱，就是想在记忆中抹掉这件事。

事实上，是他让闵剥夺了他的资格。"不嫉妒"，是"你别嫉妒"！这个晚上他突然懂了，他来到中国，就是来接受这种自由主义的基本训练似的。

"操你的！"

他乱吼了一声，骂谁呢？他感到自己像卓别林电影里的流浪汉，彻头彻尾的失败者，没有事业，没有前途，也没有爱情。

裘利安冷冷地望着海湾对岸，转过身来，湾东区小鱼山似乎被云雾包裹得一点不露真容，灯光也是虚虚无无的。但他记得那个方向，就像他记得闵的每一声呻吟，唱歌般的啸吟！他突然想起来，闵送给他的绣有K的手帕，是在书桌抽屉与母亲的信件放在一起的。他笑了，那天他曾发疯似的找，找不到。

那没用，时间到了，就会冒出来。她心里肯定会有他的，只需要他对她说，他需要她，命里非她不可，一切问题都会如冰化解，一切都会如在北平一样。

5 走上正轨

裘利安发现自己又到了帝国红房子,在门口。他听到里面闹哄哄的,感到气氛不对,人也比平常多。几乎每个人都在激动地嚷嚷。喝酒抽烟,他要了一杯白兰地,问侍者出了什么事。侍者告诉他西班牙内战,德、意与苏俄各支持一边的消息。

他心一震。他的朋友谁会卷入呢?离开欧洲时,法西斯在欧洲已经很猖獗,战争是迟早的事,一场预演式的战争来得这么早!

离门口最近的几个英国人,一口东区土腔,一听就明白是莫斯利在英国搞的法西斯党所依赖的那种失业流氓,在这里却大言不惭,赞扬起佛朗哥元帅,敢于率军队叛乱,痛击共产主义的嚣张。还说德国人和意大利懂得共产主义的真相,世界上多几个佛朗哥,天下就大事顺遂。

"要不是蒋大元帅采取了同样坚决的军事行动,对付中国共产党的话,共产党早就打到青岛来了。那样,咱们就得乖乖滚蛋回老家去!"有个人叫道。

裘利安听着，不能不感到庆幸他在青岛，若在英国他会认为唯一合理的事是去西班牙打仗。不过，光是在这儿，叫他忍受这些法西斯分子的跋扈狂言，就够受了。

"实际上共产党最近蹂躏了四川省，在进行他们所谓的长征。"

"操他妈的共产党，真的近在眼前，"一个家伙起哄地说，"去他妈的，让共产党来青岛，还不如让日本人来。"

有人说法西斯太嚣张，比共产主义更难控制。但旁边马上有人说，西欧人毕竟是文明人，可以用条约谈判，不像俄国人野蛮，不守条约，劣等民族。

这下裘利安无法再忍受了，他的自由派的信仰被这群种族主义者点爆，立即迎了上去："早就该雇杀手到柏林干掉希特勒，早该这么做。他们就懂一种语言，武力、条约没用。"

"滚你的。我就决不跟你这种亲共分子订什么条约！"

"我看你就是他妈的法西斯！在伦敦没有被揍够！"

裘利安的确在伦敦参加过与"法西斯联盟"的对抗，准备动手了，对方看众怒难犯，撤了。

他还未来得及准备，脸上就猛地遭到狠狠一拳。他被击得向后一倒，鼻子被打出血。第二拳又紧跟上来。

他仍来不及躲避，往吧台下缩了一下身体，假装手抬起来捂脸，对准那家伙的方下巴，一个左下勾，把他打翻在地，吧台上的一串玻璃杯子烟灰缸跟着"唰"一下掉到地上，砸了一地碎玻璃。旁边的人都惊叫起来，有人想扑上来，有人要拉架。

那个家伙从地上爬起来,喊道:"一对一,一对一。让我来揍这个红党!"

裘利安叫周围的人让开,摆开架势准备这家伙扑上来。他在剑桥练过拳击,不是材料,总被同学打晕过去。不过今天,他的好战情绪被挑逗上来。对面那个家伙,显然是东区打惯架的流氓,专门欺凌伦敦犹太人的家伙。

此时,他的鼻子开始流鲜血,他咆哮起来,刚要扑过去,就被人拦腰抱住,对这些拉架的"和平主义者",他很生气:明显是他吃了亏。

裘利安挣脱开拉他的几个人,他气疯了,愤怒地吼出他的决心:"不是和法西斯一起捣毁这个世界,就是跟共产党一起拯救这个世界。没有中间道路。"

那个白俄女郎已经赶来,推开人群给裘利安擦脸上的血,要扶裘利安回她房间,他拒绝了。他咽下嘴里带咸味的血,冲出酒吧,回小鱼山国立青岛大学。

有些潮湿的风吹拂在他的脸上,他冷静下来。海湾面很宽。这个夜晚任何船在海上都会比平日摇晃得厉害。路上一些地方又黑又阴沉。这一刻,裘利安非常清晰地记起了,当初到中国来的意图,不仅如此,当时是怎么来的他都记得清清楚楚。

他向剑桥大学任命部申请国外教书工作时,他点名要到中国。去中国前,到弗吉尼亚阿姨家长谈一次,姨夫伦纳德·伍尔夫作为一个政治学家,认为选得对,因为中国将是政治旋涡的中心,那里发生的事将具有世界意义。

面对长辈的赞同，裘利安很得意。轮船离中国大陆越近，他的决心越坚定，有什么比参加革命运动更有吸引力的呢？中国革命者的反法西斯立场使他的自由主义信仰最终可以落实。面对全世界的法西斯嚣张气焰，他不能忍受英国知识界与工党徒托空言。只有革命者敢行动。不行动，他的灵魂永远都得不到安宁。

先到一个大学，了解一些情况，有了线索再行动，他哪里肯做一个平庸的教书匠。

未料到的是，一到青岛，命运反了个转，他陷入了一场莫名其妙的恋爱，而且竟然闹到失恋的程度。他一直没有再想起参加革命运动的初衷，偶尔闪过这一念头，认为不妨推迟。一再推迟，就远离政治，超然物外，世界形势消息对他的影响就越来越少。他被享乐世界给诱惑住了，忘掉初衷和志愿，忘掉他一直带着"遗书"，忘掉了他是满怀着对整个人类的悲哀和同情来中国献身的。

性享受怎么会是他的人生目的呢？爱情更不是，闵只是K，第十一个情人。女人，不管是东方或是西方，都一样，不一样的是肉体，做爱的感觉。可能太偏爱闵了，就像在布料中他偏爱色泽富丽的绸缎，在树叶中他偏爱四季都是绿色的一类。但这都是感觉，我的精神归宿不在此。

谁也不能动摇我的决心！

裘利安对自己说，哪怕是闵。那已过去的一幕幕出现在眼前，他可以承认对她是有点偏于冷酷，但冷酷比欺骗好，他不会和她度过一生。

她最后一次说自杀时,是他最想离开她的时候,他甚至没有说"当心你自己,好好照顾你自己"之类轻飘飘的安慰话,因为这样的安慰只能引出更多的麻烦。

是否设想一下,没有他,她未来的生活会怎么样?

不关他的事。

全世界都将回到黑暗的中世纪,如果他们让法西斯得逞。

这并不是背叛闵,他没有背叛的罪孽感觉。他从未想永远忠于她,既没起过誓,哪怕面对她的逼问,也没松口,承认。

到K为止,没有L与M。恶势力在全世界的进军,并没有因为他这样那样的浪漫经历停下来等他。

真得谢谢那个敢和他动拳头的家伙。拳头击醒了他,把他救出愚蠢的私情,擦掉了嫉妒感伤,男人要面对世界上的大问题,而且敢于行动。

t 与易在一起

一回到家,裘利安就着手安排。行李可以很简单,但电筒、怀表、火柴、地图等必带的东西一件也不能少。他计划沿红军进军的路线追赶,但是没有找到红军之前,又不能声张。

为此,他的中文绝对不够,谁适合做他的向导,又是个伴?只有易,他班上的一个学生。课余与他有些攀谈。

裘利安心里有鬼,与学生保持距离,不太亲切,只有这个易例外。易英文不错,在学生运动中很活跃,能说能讲,知识面广,看上去不像是共产党地下党员,出头的往往不是。没有关系,到时候分手,战争中不需要太多语言。

他心里有了底,这时有人敲卧室的门。是仆人田鼠,说今天系主任夫人来过,是贝尔教授请她来看他买的古画和瓷器。

"她什么时候来的?"

"大约上午八点多钟。"田鼠说,她让他转告,她来过。

裘利安心一动,好像被一个鱼钩拽了一下,突然刺痛。她还是在约定时间来找我,她还是我的!

但他镇定住自己,难道我的决心就如此脆弱,一个女人来看我一眼,就使我改变主意?他对自己冷笑了,不,太晚了,没有什么可以改变我。裘利安对田鼠说:"知道了,我会去回拜的。"

田鼠说一声晚安下楼去了。

夜已很深,裘利安丝毫无睡意。这一整天他都不在家,干什么去了,也没课上。闵是在那美妙的一个小时之间来的,就像他曾去她家找她,她不在。他们互相错过,本身就是决定程序的一部分,就是命运,他只有革命的一条路可走。

只需告诉仆人一下他出外游逛全国去了,连给学校请假都不用,学校在闹学潮停课,也快放暑假,他溜掉没人知道。

不必去和闵告别。他硬着心肠,就得硬到底。

爱情已使他厌倦,他这么认为时,心里坦荡。最重要的是:世界已逃脱不了一场大战,而他不会为大英帝国去打仗。上次欧战时,布鲁姆斯伯里的男人全体罢战,登记为良心反战者。相当原因是受不了那种狂热的爱国气氛。

这次面临的战争,将有点不同,反战运动最终会成功地消灭战争,如果必要的话,用武力。可是,他血液里的自由主义,依然承受不了爱国情绪,他要为非祖国的正义而战,绝不是为了一个英雄的光荣,而是作为一个人格的存在,死亡将是他存在的最后证明。

半夜，裘利安从学生宿舍找到易，他中等身材，戴副眼镜，灵巧，聪明，南方人。当裘利安告诉易他的计划时，易有点犹豫。裘利安说可以从中心区路透社那儿弄到两张记者证，他们主要的任务是采访。易就同意了。

两人讨论路线。易知道红军前两年一直在川北与陕西交界活动，与川军有激烈战事，双方投入数十万兵力。最近似乎已经往西移动，一时没有听到报道。但是，他们至少可以先到红军的老川北根据地打听线索。

裘利安和易乘船到上海，然后溯长江而上，出了三峡，船靠万县码头。裘利安想在车行租车，老板回答没车，整个县城才三辆，可能傍晚才能回来一辆。还好未到傍晚，等到一辆破吉普。

裘利安付了定金，与司机谈好路线。在县城匆匆吃了饭，买了些干粮之类。第二天他们就开路了。路不好走，尽是土路，大坑小坑，司机很不高兴，惹得裘利安无法忍受，叫司机坐后面去，他自己开。

"幸好是吉普，"易说，"再走一段，有车恐怕也难。"

"到时走不了，我们弄两匹马。"裘利安说。

"有钱就好办。"易说完笑起来。

他和司机轮番开车，日夜兼程，除了夜里实在看不见路，才找个旅馆住下。一路上的旅馆，越来越脏破，虱子越来越多。不久，他们到了四川东北一带。在宣汉进入达县的途中，他俩发现，叫作"红四方面军"的红军主力部队，刚离开这一带几个月。

到此地，开车就难了，窄路在山上盘旋，一不小心就会掉下悬崖。

有了好几次惊险，他决定放弃汽车，打发司机回去。骑马的确方便，可走小路，直接翻山越岭，从一个村子进入另一个村子里。

从青岛到北平，裘利安从舒适的火车里看到中国农村的贫穷。那是这年年初，但在同一年的夏天，他才直接进入中国贫穷的一面，他们经过的渠县，绰号"稀饭县"。他们肚子受不了土豆和红薯，只要路过一个有餐馆的县镇，两人就吃得多一点，面条和馒头都要大份的。有时，他们不得不走进农舍，暗黑的房里端出一点菜粥，盛在污秽的缺碗里，他胆战心惊，不敢吃，又不能不吃。

两人径直往川西北方向走。

现在，一路上看到不少军队，无论是政府军，还是地方军阀部队，都装备不全，军衣破烂。纪律差，常背着偷抢来的赃物，长官装作看不见。裘利安担心这样的军队，面对装备精良训练有素的日本军队，难以取胜。

马也疲倦，走不动。把马拴好，给马找了些草料，才靠树坐下休息。他们谈到青岛的知识分子很有抗日热情，捐款支援部队。易说，一旦中国军队败退，他们就会着慌。这些人没有敢冒生命危险的勇气。

那么，这个国家还有谁能阻挡日本人的推进？

进入川北山区，明显这里不久前是战场，人烟稀疏，村庄破败。时有人影，见到他们就马上躲开。这儿甚至没有鸟鸣，走好长路程也见不到一个庙宇。但不时能看到尸体，不清楚是哪方的人，甚至分不出是军人或是平民，血迹早干，尸体只是黑脏的一摊，四肢躯干都不全，像是被肢解,也像是被野兽吃过。两人在马上面面相觑,一步不肯停留。

易说:"这种地方就是不打仗,恐怕土匪也多。"

裴利安一抬头,不由自主勒紧缰绳,差点惊叫起来。有具没穿衣服的尸体悬挂在悬崖的松树枝上,胸骨上卡着一把砍柴刀。尸体的臭味,令人窒息,发出刺鼻的气味。裴利安皱了一下眉,却用一手捂住鼻子。马好像也害怕,跑得快,远远地离开那片有过奇特战事的地区。

为了尽快赶到有镇子的地方,他们跑得快,不再看任何死人,奇怪的是偶尔还有枪声传来,零星,有远有近,不知是谁在打谁,或许是土匪,或许是猎人。这一地区无人耕种,活下来的人靠什么过日子?

过了最血腥的地段,裴利安却感到恐惧并未消除,前景不知如何?为减少忧虑,他开始与易谈女人。在这之前,他从未与任何一个中国学生谈过性题目,不了解他们的想法,也觉得没必要,因为他们似乎没有像西方大学生那么性活跃。但在这恐怖之途中,和平日完全不同,一谈女人,心里对环境产生的压力明显轻了。易在这方面经验不少,也很健谈,南方大户人家出来的,公子哥儿。

心中一直不明白的事,使裴利安想到或许能从易这儿弄清楚。于是他问易:"你一定知道房中术?"

"那全是封建迷信,而且腐朽落后,代表了中国文化中最道德败坏的部分。"易说。

裴利安一愣,没有想到他如此直截了当,可以想象中国知识界看法会一致。易说,听说西方有汉学家翻译《金瓶梅》《肉蒲团》,还有人收集中国春宫画,简直是对中国文化的极端侮辱。他知道中国在德国的留学生，到《金瓶梅》德译者家门口抗议，把他家玻璃全砸了。

裘利安想到自己读《金瓶梅》的历史，心中对现代中国的道德主义颇不以为然。"你看房中术书吗？"他插了一句。

易摇摇头，很坦白地说，他从来没遇到过这种书。即使遇到了，可能也不情愿看，海湾南有个专门收集并刻印此类书的劣绅，不就是早被共产党给杀了？杀得好。

裘利安一看，话不投机，就不谈房中术，只谈女人的美。他说起西方的美女标准，那么中国是什么标准呢？

易反问裘利安觉得哪种中国女人才美？

"中国女人是不是有味。"裘利安绕着圈子问。

易微笑了："中国有体臭的人肯定比你们西方人少，体臭在中国叫狐臭——野蛮人的臭味。"

"我说的是香味。"

"那我就不知道了。"

可能他接触女人不多，裘利安不肯放过他："那么没有腋毛阴毛的女人呢？"

易不好意思地笑起来，说："只不过是传闻，我也没碰见过。"

"什么传闻？"

"说是那种女人是天上的白虎星下凡，会克夫。"

裘利安大吃一惊，说，有这种迷信。易说，不管是不是迷信，只要不做这种女人的丈夫不就成了。

"那怎么可能避免，你们中国人不是婚前不相识，更不可能上床的吗？"他问住易。

易平淡地说："媒婆要负责的，媒婆是一门半正式职业，收费。而且男方家可用这个名义退亲，只要没有性行为，原包装。"

"这样的女子怎么出嫁呢？"裘利安有点急了。

"娶不到妻子的男人，自会降格以求。当然现代知识分子不相信白虎星之类的事。但是在中国民间，连妓女都不能当。我听说过嫖客因为没有看仔细，睡了这样的妓女，发现后打烂妓院的事，说是砸掉霉气。"

"嫖客又不是娶这个女人，有什么危险？"

"克夫，也就克男人。"易说，"如果糊里糊涂与这种女人有性行为的话，这男人会死。"

那死的首先是郑，然后才是我，裘利安闪过这念头，苦笑起来。

这与闵的"入相女子"说法完全两样，他宁肯相信她。他为闵抱不平，如此美而性感的身体特征，被人鄙视，不公平。这么看，不管是真是假，来中国就是弄清：反法西斯的自由主义，享受房中术，男人都必须得付出代价。

路旁的岩石上有标语，不过看不清楚，红漆上刷白漆，有些字还添了一层黑漆，山岩在高处，老远就可望见，被涂得黑黑红红的一片。那儿有一村子，他们走过，听说没有一个男人了，全是老太婆和小女孩。男人不是作为白军支持者被红军打死，就是作为红军拥护者被白军打死，活着的也跟红军跑掉了，或是被白军抓了壮丁。

潺潺的流水声传入他们耳中。到山丘顶，就看到一片绿绿的树林，一条河从西山往东流。对岸河滩很长，远远能看到一些房子。两人下马查看地图。

易说:"应该到梓潼县了。"

水非常清澈,两人很高兴,去掉背包,穿着衣服牵马到河里。水齐腰深,凉得可爱,裘利安在这儿才觉得这个夏天真热,身上真脏真臭,虽然一路上碰见有水的地方都冲洗一番,但没有此处的水清爽。他从河底捞起几颗石子,石子图案别致,挑了两颗做纪念,放入裤袋。

两人浑身湿淋淋扛了背包牵着马,从河滩往坡上走,去穿衣服。几乎是同时,两人看见一排刺刀在坡上正对准他们:"举起手来!"

裘利安不需要翻译就明白该举手。他朝易使眼色,易马上镇定了,说是外国记者。一个小军官命令易过去。裘利安看见易走到衣服那里,拿出证件,又指着他在说着什么。

然后士兵收起枪,易很快回来,说是守防在此的川军的卡哨,要他们去见长官,不能让他们单独行动。是战区,地方政府尚未重建,军队代管着。亏了裘利安鼻子大,是洋人,易抖抖手里的记者证,这个时候就洋人管用。

坡下有几幢错落不齐的破烂平房,等了一大阵,有个参谋骑马来,陪他们到旅长司令部去。

易说:"以前这是红区,估计我们这是走到顶了,红军看来已经真的去了川西。"

"怎么说,'走到顶了'。不,这是起点。"裘利安想。如果易不想和他走下去,不管是什么原因,他可以一个人追红军去,另找个地方向导。

这个县和经过的其他县没有太大的不同,或许县城军队驻扎,人来人往，人气还比较旺。他们走进的这个镇子还有个古老的城门，有一段城墙。一些木结构房子，旧出褐色，有的还是两层。有的房子坍塌烧成黑焦炭。

街全是青石块铺的。迎面过来一辆牛车，不知什么东西破席子盖着，散发出一股难闻的臭味，后面跟了许多人，半大不小的少年和光屁股的小小孩。他们贴到街边让牛车过去时，吃惊地发现从破席下，露出一些肮脏的手或脚。

不用问，这地方不久前发生过凶猛的战斗。但是这些尸体不像清理战场收拾起来的。

他们被弄到地方军队司令部。旅长正在为什么事发脾气，军帽未戴，上装未穿，衬衣在军裤里。看见门口英国来的记者和他的翻译，就改成一副笑脸，站起来欢迎，让他们进屋坐，两匹马被人牵去喂饲料。屋子一看就是个财主的家，客厅陈设讲究，连桌椅都油光水亮，和镇上其他破败不堪的房子一比，就太堂皇了。

"你的报道想必会公正，说明我军靖难平乱的成就。"旅长抽着烟，尽可能说出最文绉绉的语言。

裘利安对这个家伙说，他作为记者的最高职责就是公正客观地报道，希望长官提供条件，让他上前线去，实地勘察。

旅长坐下，摇摇头，吐出一口烟。然后说，早就没有战事，红军已经全部歼灭，"剿匪"已经胜利。只是此处乃红军旧日所占，地方上倒是很不安宁，小股散匪还在偷袭杀人，所以既不能让裘利安他们住下，也不能让他们继续前进：无法保证他们的安全。

他们来回磨了很长时间，最后旅长同意，弄几个战俘给他们采访，以提供材料，报道国军的胜利。

旅长想想，叫身边一个副官，陪他们去监狱。他把副官拉到一边，吩咐了几句。

好一点的平房里都住满军人。地里高粱玉米稀稀拉拉，野草冒得高高的，荒荒的。下午两三点，太阳热旺旺的，空气中有股浓烈的尸臭。远处冒着炊烟的地方，不知什么人在田里做饭。

跨过山涧上的木板索桥后，进入一个加固的大型碉堡。他们转进一个院子，走到一个阴暗的地下室，里面只有几张凳子和一张桌子。石墙上有许多污迹，有火烤的烟迹。一股霉味夹着说不出的腥臭。副官请他们坐下，点上一盏煤油灯，使里面亮多了。

一看就明白，这儿是监牢，这儿就是审讯室。囚犯被一个个带进来，都非常年轻，衣衫破烂，有的还带着伤，却都套着沉重的木枷。一个士兵端着枪站在门口石梯上。这些人全穿着农民服装，大部分人光着脚，从外表难以分辨是红军还是村民。

副官说，都是在近日被抓捕来的红军散落士兵，应当说是战俘。

中国内战，战俘一向被用来补充部队，听了几个人的口述，就明白这些人卷入了地方的政治，有了命案。易说很难听清楚这些人的当地土腔，他们说得太快又太紧张。他听几句，叫对方停下，然后给裘利安翻译，也等于解释。

故事都差不多，都是地方上的农家子，被共产党动员起来举行土地暴动，杀了本地地主全家男丁，分田地分牲畜分房子，还分妻妾。这样，没多久每个村子就分裂成不共戴天的两大阶级阵营，红军派与白军派。家里一人参加杀土豪分田地的，全家包括近亲都没有别的选择，只有属于红军派，反之亦然。

"你杀人了吗？"

他们都坚决地摇头，而且连哭带说，一大串冤枉故事，被认错人，抓错人。他们明显把采访当作审讯。

裘利安有点失望了，觉得问不出什么内容，无法了解情况。他刚想停止，解进来的这个犯人，年龄更小，根本是个少年，十四五岁左右，只穿了脏烂的裤衩，营养不良，条条肋骨毕现，精瘦。他一进来就昂头挺胸，一被问，就发表宣告似的说他砍了地主少爷的头。村党代表鼓励他们造反，问他敢不敢领头？他当然敢做，打土豪，由他砍跟他年龄一样大的地主少爷。

"为什么要砍死他们？"

"闹红就是砍脑壳嘛，这还用问。"少年脸上有些遗憾地说，他看看自己被枷住的瘦弱的双臂。

听到这里，裘利安突然控制不住，想呕吐，他跌跌撞撞冲出审问室，推开警卫，跑上一坡石梯。院子里光线太强烈，他眼花了，蹲在地上，干呕着，喘着气。

易走到他身后，问："怎么啦？"

他不能表现得比易还脆弱，就迅速站起来，走回去，好像什么事也没有。竟走错门,走进一间空屋,里面堆满了刑具,铁钳、镣铐、大铁剪子,还有一些叫不出名字的家什,上面沾了猩红的东西。一定是临时从审讯室里搬出来堆在这儿,以便把那一间弄得干净点,让他们做采访。苍蝇围着那些刑具嗡嗡叫着飞旋。裘利安反胃更厉害,赶紧出来,回到一片阳光的院子中间。哪间房他都不去,不想看到更残忍的东西。

易对跟上来的副官说:"太热,天气太热。"

他们在士兵的护送下,原路回到地方军队司令部。旅长已经不在,但吩咐了副官给他们准备晚餐,找了个客栈住下。

傍晚吃了顿不错的饭,有肉,但两人都吃不下,吃完饭去客栈。说是客栈,只有他们两个旅客。两层楼的木板房,进去黑暗暗的。主人是个老太婆,见裘利安样子,吓了一大跳,眼睛只盯着这洋鬼子,也不提收钱的事。

房间里有两张床,没有被子枕头。副官叫士兵扛来新的军用寝具。天气很热,只盖被单遮蚊虫就可。"很运气了,"易咕哝了一声,安慰裘利安,"一路上就冲着你这张洋脸,土匪和军队都没敢找事。"

这个客栈面临大街,镇上唯一的一条像街的街。木窗敞开,除了巡夜的士兵脚步,躲在暗处的蛐蛐儿,四周没有一点儿声响。老太婆的黑影子移进屋来,伸手把油灯小小的灯芯拧灭。

屋里漆黑一片,过了好几秒,微见天光。

易在那张床上翻身。裘利安还是不想说话,为今天失态,一直到这刻心里也不好受。

战争就是战争,革命就是革命,杀人哪有什么好杀法的?从一离开青岛，他一直在祈祷上帝，让他顺利找到长征的红军，加入革命。可只看到一点点革命的痕迹，他身体本能地抗拒，丢脸透了。

房间空气畅通，天也凉了些。他胸口堵得慌，不知下一步怎么办。

第二天大清早，客栈窗外突然传来锣鼓声，把裘利安和易敲醒了。街上已是喧嚣一片。荷枪实弹的军人，在街上两旁排成队列，上了刺刀。把熙熙攘攘的人群拦在街边。这个地方几乎被战争打烂，竟还有那么多人，太不可思议，可能附近几个镇子的人都来了，大概是个集市日子。

他们赶快从窗口探头。这房间正好在二层楼上，可以清楚看到，三辆牛车载了二十多人，都套着重枷。有几个就是昨天见过的。牛车走得很慢，在街上示众，每辆车两旁都走着没什么表情的刽子手，扛着白闪闪的大刀。人群里有人哭泣，有叫骂的，大部分只是默默地旁观。

街本来不长，走到头又往回走，刑场在街中央，差不多就在客栈正对面。军人用刺刀分批把犯人逼下牛车，一个军官用拖长的四川话，宣布"赤匪"杀人犯验明正身，就地处决，以儆效尤。

跪着的犯人，早吓得浑身哆嗦，脸色惨白。军人先开锁脱枷，助手拉住头，露出颈子。然后刽子手举起大刀，围观的人轰然喊叫，听不出是吓得惨叫或是看戏般喊好。易坐回他自己的床，簌簌发抖。"关窗，"易大声说，"求你关上窗！"

裘利安早就离开窗前，未料到，易反应比他还糟，他只得去关窗。但窗太旧，关不严，他用力，又怕将窗扳断。这时，他听见一个细弱的声音在喊："革命万岁！红军万岁！"是昨天那个供认杀人的少年。就他一个英雄，不过也许就他一个是真正杀了人的。裘利安不由得朝下一看，满地是血，人头和断尸。他闭上眼，那少年刚发出"革命——"就被一种刀切的钝声打断。裘利安从窗口倒退三步，仿佛是躲避那飞溅的鲜血，他落在了地板上。

"哦，"他恶心得有火在喷燃，呼吸困难，"为什么，为什么他们要如此不必要地残酷！不管革命或反革命。为什么都一样残酷？"

他们俩无言地在房间里坐着。客栈主人——那个老太婆呆痴痴地经过他们房间，不认识他们似的，也不觉得房间里有人。

不行，裘利安想，这不是我的革命。中国农民很穷，工人也很穷，但还没有到想革命的程度。即使真的要革命，又有什么必要这么血腥？

他想起自己带着氰化钾。对中国革命的估计，他的确想得太简单了，他自己可以一了百了？

那么，他在中国革命中，还有什么角色可演？窗外的喧哗尚未彻底结束，裘利安已经明白，他的中国革命之梦会在这个山镇结束，在一个夏天的清晨，一个莫名其妙的客栈。

当他们骑着马离开镇子时，老城门口已经挂上二十多颗新的人头，裘利安不想回头去看一眼。他们一口气来到河滩，渡过河，穿过那一片绿绿的树林，裘利安只想离那地方越远越好。

K是第一

他们到达一个不小的县城是中午时分,到处都生长着夹竹桃树,花开得蔫蔫的。当地人头裹着布,背着长竹篓。但朝东走的近路悬崖栈道刚出事,早上突然坍塌,掉下去几个人和马。他们只得改路线。他安慰自己,他并不是个逃兵,这不是英国式的自由主义社会主义,东方国家的革命或许就是这样,他不是东方人,不值得让自己的双手浸泡在血里,哪怕事业正义,但还是有东西方文化之分。他不可能跨过这个鸿沟。

他们越是往南走,闵的声音和形象越是反复在他脑子里出现,渐渐清晰起来。他又开始想念她,尤其夜里,夜里她的声音笑貌很明确。

他们找到一个清静的小餐馆。等着饭菜时,裘利安从背包里找到闵的手帕,黄丝缎暗纹的竹叶,这柔软的质感,和他的手贴在一起,就像闵的皮肤和他贴在一起。手帕边角的K,他看着,心一惊,K哪里是第十一位，完全错了，K分明就是第一，他终生第一的心爱之人。他记起六世纪，在叙利亚或者巴勒斯坦的一本犹大经书里说，K是那个能左右生命的字母。

是的，她就是能主宰他生命的人，只要和她能永久地生活在一起，不管在哪里，在中国北平和香港，或者在英国、美国都行，像她说的一样，她本来就是他生命的一部分。他要向她证明，他不是她想象的那么自私无情，他从未改变过爱她，他爱她，以他的方式，但是，也可以做到以她想要的方式来爱她。

这想法一旦形成，他相信他一直就是这么想的，就是这样的。他否认不了这个事实：闵的确了不起，她把他喜欢的一个世界——战场还给了他，她也能够把他从那个战场重新带走。

他想起来，闵在这个文化中，也是例外的人物。若按白虎星克夫的说法，那么，郑还是一个能排除俗见的知识分子，这点不错；但反过来，郑因为是知识分子，也就不信闵的"入相女子"一说，甚至对整个房中术很反感。闵在床上是如此神采飞扬，花样无穷，在郑面前，肯定一招也不敢拿出来：这样的夫妻，还有什么意思呢？

实际上，闵在这个文化中，上下为难，陷入无人理解的困境。他这才弄清，闵为什么对他那么依恋。他作为外国人，反而超脱了：既可以不信中国民间的歧视，又可以不在乎中国现代"进步观念"。对房中术，他能享受的，就信，不然，就当好玩事听着。

而且，母亲对"不正规"的性，还特别偏爱，她找了一个双性恋者做终身伴侣，几乎无人能理解。或许，闵就是为他而到这个世界上来的？

在四川农村,这年夏末,裘利安感到他像一个梦游人突然醒来,发现在中国,唯有闵的爱情才是珍贵的。当初她邀请他到北平,实际上是邀请他畅游她的内心世界,她长期被抑止的渴望,和一直埋在心底的爱情。当她把她的肉体展现给他看,她同时也将她的世界——那个文化最深刻的底蕴,没有保留地揭示给他看。

而他渡过痛苦宽阔的河岸,才看清楚只有她站在岸边,一直在等着他。

再过两年,他就三十,迈入中年,他们这个家族的男人有些是大器晚成。他会有一个不错的前景的,他们会有孩子,如她盼望的一样,最好能有三四个,个个都像她多一些才好。只要能和她在一起,在世界任何一个地方,度过他们的诗人生涯,忘却所有的喧哗和仇恨,这将是他理想的生活。

早一分钟见到她比什么都重要,现在几乎是心急火燎。易去解手过了一段时间才回来。桌上的绿豆稀饭、锅贴饺子、生椒炒豆皮丝,通通扫荡光。一吃完饭,他对易说想尽快回青岛。

他们骑上马,背对着小餐馆,在一片灿烂的阳光中离开。

V 因为龙舌兰花开

他重新走上小鱼山,已是下午五点多钟。山上山下,初秋花种没离开时那么繁多,但树叶在变化,绿中带了点浅黄、深黄。望着远远近近的青岛海湾,附近墨蓝的海水环绕的小岛,裘利安一下感觉自己成熟了。他与闵,现在应该说年龄相当。站在山上的一条岔道,不知是先去自己家,或是闵的家。

他是突然走掉,也就是突然失踪的,这么久,整整一个半月,她会怎么想?对她的想念这刻转成了害怕。

他希望闵一直在等待,没有抛弃他。好吧,这次冒险,就算是一个考验,考验闵是否真正爱他,是否像他爱她那么深刻而热烈?

仿佛是回答他,天空出现一道虹。

好兆头。

再偏一些,从小鱼山看海湾,都在霞光的七彩之中。

见到裘利安，仆人们惊异地说，应该拍个电报，让他们去小港码头接他。他们忙着准备饭菜。而裘利安回家头一件事就是洗澡，长途坐船，下船时又被一群旅客挤挤搡搡的，他从衣服到鞋子都脏脏的。头发很久未剪，乱蓬蓬地蜷在头上，满腮的胡子拉碴，他的样子肯定像中国古画中的胡人。

匆匆洗了个澡，刮了脸，换了干净衣裤。下楼来，仆人说饭菜马上就做好了，他肚子真饿，还是往门口走，在山间小道上，连跑带滑，落叶沾在他的鞋底，他有些喘气地到了闵的房子前。

裘利安说要见郑系主任。仆人去通报回来，说郑系主任在楼上书房等他。进去一看，有几位客人，在花园和客厅。裘利安径直朝楼上走，这是他第二次上楼，郑坐在书桌边，闵站在他一旁。郑站起来和他握手，闵没有动。裘利安真诚地道歉，为不辞而离职，请求原谅。

郑客气地说，问题不大，一点小困难而已。上学期末，学生要分数毕业，学潮就自动结束。三十五天暑假已过，新学期开始，学校已开始上课。找不到裘利安，刚请了一个代课教师。现在裘利安回来了，必须先安排辞退代课教师的事，然后裘利安马上就可以上课。"我们都以为你失踪了。"郑说这话时，仆人端着茶碗茶壶上来。

郑几乎没有任何埋怨，而且，希望裘利安继续他富有成效的教学，直到他两年合同结束。

裘利安明白，郑在暗示，不会与他这样的教师续签合同，不过他此时不在乎这种事。他的眼光早就移到闵身上，她穿着家常衣服，一件很朴素的白丝绸竖条旗袍，一点也没有以前的华丽。但这正是他想见到的样子,一个妻子的模样。闵站到郑的椅子背后,他竭力克制住自己不要一直看着闵,他继续与郑说话。

背对着窗子,但他依然看得出来,她脸整个瘦了一圈。当裘利安的眼光再次触及她时,他心里非常不好受。她一直没有说话,连一点声音都没有。窗外的光使裘利安看不清她的表情,但这次他的眼光扫过她时,她稍稍一侧脸,很不情愿地让他看似的。但是,他看清楚了,她的眼里有泪。不是错觉,的确有泪光,她不得不取下眼镜。裘利安心猛跳起来,她是爱我的,她依然是爱我的。闵用手帕轻擦镜片,把眼镜拿在手里,她的右手腕系了根红丝带。

他没有应酬话可说了,就站了起来告别。郑也站了起来,跟裘利安走了几步,闵跟着郑,因为位置变了,光线不一样,他看清了闵的脸,他惶惑,因为闵的神色中有一种无以名状的绝望。

郑问裘利安:"这儿正好有几个客人,要不要留下一起吃晚饭?"裘利安还未答话,闵就对郑说,她去楼下厨房看看。没有给他任何解释机会,事实上也没有单独说话的可能。他想到留下会更难堪,对郑说:"用过饭了,谢谢你,改日吧。"

在门厅里,郑又建议喝一杯白兰地再走,说是为欢迎他回来。裘利安对郑的过分客气有点心神不宁,只能再谢他一次,说下次再领情。

这是一个雨夜,裘利安听着雨水拍打玻璃窗的声音,心是宁静的,他已经明白自己要做什么。透过雨水,他看见英国,母亲的花园正是下午。他想象着返英的旅程,想象母亲会如何高兴,看到他回家;还有闵,不管出现什么情况,他都会带走她。下雨的空气非常新鲜,他再仔细洗了个澡,把一个半月的尘垢洗干净,让窗小敞着。他一上床就睡着了。

第二天清晨,他被弄醒了,一个赤裸而柔软的身体压在他身上,还有一种熟悉的香味。他不睁开眼睛就知道是谁。真好,这感觉,闵又在他的怀里了,跟想象的一样,跟梦见的一样,她的舌头,她的长发,她的皮肤,她的气息。他不愿意睁开眼睛,怕这不是真实的。她的手伸到他下面,就像他一直在想的那样,将他从残酷的战场拉到天堂的边缘。

这天早晨,他们做爱轻柔,没有剧烈的动作,也不像分开那么长的情侣,只会是做了几十年恩爱夫妻才如此。他们相连在一起,悠慢地摇摆着,享受着拥抱在对方身体里的快乐,手抚摸着对方的脸、头发、脖颈、肩和胸,每一个令他们思念的地方。

他们实际上早就不仅仅是情人,不管他或她承认否,他们的身体那种熟悉和渴望,做爱时那种甜蜜自然的节奏,就是证据。多少次在一起,唯有这次不像情人。一对情深义重的夫妻,他第一次感到,深爱的妻子,已经不挑不选的妻子,才使他真正感到幸福安宁。

闵一句也没问他为什么出走,为什么不告别,一句也没问他到哪里去了,她没责怪他,只是不停地亲吻他,一刻也未离开过他的身体。偶尔带有一两声轻微的叹息,好像是享受时的感慨。

分开的时间不是一个绝对时间概念,那不算数,他们似乎分开了整整十年,险些儿,差一点就永久分离了。

哦,谢谢上帝,为我们在一起,他睁开眼睛,好好看他爱的女人。

她的右手腕系了一根红丝带,昨天他也注意到,于是他问一句。

她说是本命年手腕系红丝带可以避邪，也可使她爱的人这一年平安。她的声音，好久没有听到，听到了，他才感到不是在真空里。

这次他才发现一个简单的规律：当他们相互注视，高潮就涌上来，当他们闭上眼睛接吻，高潮便渐渐退开。裘利安一直没有射精，尽管他已经"很久没有碰过女人"，高潮来时，也没有失去控制，没有浑身要爆裂开的挣扎。如此美妙不泄的反复高潮，他从未体验过。

或许，房中术的秘密，需要一种修养，一种超越世俗的情感？房中术就是爱情！当他爱到一定的深度，就自然会努力使所爱的人快感持久，而不是图自己痛快，有了这个动机，就能不泄，反过来自己也能持久。

裘利安晃了一眼她脱落到床边的旗袍，青蓝中有红得带紫的龙舌兰花，说："为了爱我你一定受了苦。我不要你再受苦。因为我不能没有你。"

闵说："我也不能没有你。裘利安，若是能这样躺在你怀里、死在你怀里该有多好啊。"

这张床在扩大，铺展在半空中，围绕一个轴点转动，那花就是那种会变化的红，底色就是那种推不动的蓝，而他们的爱情，就是那种有声音和香味的鲜艳。时间离开他们远远的，不再来追他们。

一串沉闷的声音传来。是楼下房门，像有拳头在上面很重地打击发出的响声。裘利安没有动，他还是抱着闵，她也一点没有动弹，眼里充满泪水。他突然认为这声音特别像一人在浩渺的海湾里划船，桨不小心掉入水里，而夜已降临，什么也看不见，小船在海湾上打着旋，手怨怨地敲着船舷。

仆人跑去开门的声音。

他想起来，他今天根本就忘了把仆人们打发出去，九点前不准回来。可能早就过了九点？裘利安和闵都没有惊慌，也不想撤出对方身体。

巫师跑步上楼来轻轻敲了一下卧室的门，隔着门说："是郑系主任，想见贝尔教授。"

闵的身体在他的怀里抖了一下。这一直让他们担惊受怕的事，不早不晚，此刻不就来了，裘利安心想。他立即从床上跳起来，虽然动作飞快地套衣服，但一点不乱。没过一会儿，就在他系上衬衣纽扣时，卧室门被推开。他们竟然忘了闩门——这是他或闵每次必做的事。郑径直走进来。

郑脸都气白了，他穿着长衫，好像没印象中那么瘦削。他气得发抖，手指着裘利安的脸，说不出话来。

"你不是一个绅士。"郑的声音非常愤怒。

裘利安一直在等郑说话，他心里慌乱，没有思想准备，在这个时候与闵的丈夫对质。当郑说完这句指责话后，他反而讪笑一下："我从来就没想做绅士，我们家、我们的朋友也没一个绅士。"

郑没有听懂他的话是什么意思，他又说："你的行为哪像一个绅士？"

看来郑不知道这种场合应当说什么，可能气极了，找不到合适的词。这反而使裘利安对他有点同情,他跟这位英国培养出来的郑教授,在这种极端的场合,实际上完全无法交流,他们的词汇含义根本对不上。郑是书上学的英国文化,哪怕他说的是英语,也是另一种语言。

于是,裘利安干脆坐在船形桌子前,看郑怎么说下去,或怎么进行下去,拿他们怎么办。郑不说话,两人用沉默来较劲,这使裘利安有些恼火。裘利安想他们之间无理可讲,他并不欠这个男人,闵不属于任何人。但是,他发现郑尽量不看床。

裘利安转过身,闵坐在床上,明显地并没有赶紧穿上衣服,只能裹着床单。床边就有一件她的漂亮旗袍,还有一双高跟皮鞋,她还是像以前那样,光着身子,套一件衣服跑来的。因为天热,他才没觉察出她以前身上的凉气。

由此,他也想起来,她留在他这儿的时间比以往任何一次都长,她没有带怀表,也根本没有看时间。她有房门钥匙,可能早在八点就来了,可能更早。但是仆人们起得更早,她开门进来,很可能被看见,而且,以前她每次小心闩上卧室门,这次没有闩。

难道她是有心让丈夫来抓住他们?而且抓个无法抵赖的真凭实据——她在床上?那又为了什么呢?

或许她是孤注一掷,想造成危机,使他们两人的事,来个解决,想迫使他娶她,开始离婚结婚?她一直认为裘利安犹豫不定,是他们痛苦的根本原因。不管她表现得多么有耐心,也不管她用了多少心机,裘利安还是不愿松口。

恩恩怨怨,牵连纠缠,闵对他到底是爱多于恨,还是恨多于爱?天哪，闵，裘利安心里叫道，他本想等做爱结束告诉她，给她一个意外的惊喜：他已经下了决心，她要的，他都会给她，只要两人能在一起。

可是偏巧，他们今天做爱时间也太长了一点，没有给他一个机会。而她已经做好一个绝望的方案。在他下决心的这段时期，她也下了决心，来个破釜沉舟，一次解决，决不再拖泥带水。她一旦狠下心来，就什么事都敢做。

就多一天，哪怕多半个小时，都不行吗？连一点暗示都不给他，用这种缺乏理智的行为强迫他，用这种无可挽回的形式，将三个人全部推到一个总危机之中。而他，却是最害怕失去选择自由，不得不接受强加给他的愚蠢的决定。

"中国女人真危险！"他不由得心里打了个颤。

另一种情况更有可能：郑早就知道一切，郑和闵已经有好几次激烈争吵，只是不愿公开吵。郑情愿相信闵到一定程度会回头，不会危及婚姻。这样他可以保留脸面，不仅是在校园，而且在中国知识界，所以他从没来找他们麻烦——中国人一向比西方人有耐心。郑见到他时，每次都很客气。

但是，在裘利安失踪的这段时间，一定发生了一些什么事，使郑不再忍耐下去。比如，闵绝望中做过很不理智的事——从她惨白绝望的脸色看，甚至有可能她把自杀的威胁付诸行动。事后只能向丈夫悔过，并许诺再不继续这种私情。

他想起闵在与他做爱时，有好几次叹息，好像轻声说过一句："你走了，为什么又要回来？"如此轻，仿佛不是对他说，而是对自己。

他的仆人，两个，都可以随时出卖他这个洋鬼子，去向系主任讨好。从第一天跨入这幢房子，他就凭直觉不喜欢有仆人同住。他的一举一动，都可能早就被报告了。郑太容易知道。他早就应当明白，郑不知道，才真是奇怪的事。而今天，仆人可能报告说，两人就在床上。难堪之中，郑可能被迫采取行动。他承认，他对闵的耐心，远不如郑。

裘利安记得小说家福斯特，另一个在他生命里像父亲一样的人，曾对母亲说过："裘利安狂野的行为后面，骨子里还是一个真正的英国绅士。"

在这个初秋的上午，下了一夜的雨终于停住，裘利安有些明白，他的确是个十足的英国人，中国——中国女人，中国革命，中国的一切，对他来说，永远难以理解。他既不能承受中国式的激烈的革命，也不能承受中国式的狂热的爱情。

他看到闵坐在床上，脸上有一种陌生的神色，两眼茫然，不知在看什么。或许在等什么。而郑从喉咙里清嗓音，要打破沉默，好像又要再说一遍，说他不是个绅士。

这时，裘利安却安静地站起来，对郑说："我向你表示最深的道歉，我承担全部责任，并且，我现在就提出辞职，离开中国。"

他走出卧室。在下楼梯时，身后那宽敞的卧室，沉寂已久的闵，发出一声沙哑的号叫，是一句中文，好像是在骂他，但他听不懂，也好像是他的名字。裘利安觉得度过非常漫长的时间了，才听到她的声音，她也能发出声音，只是一声被射倒的野兽般的号叫。

他在楼梯上略略停了一会儿，他有点失望，他没有等到她的哭声。

裘利安一直为等不到闵的哭声心里不是滋味。在他回英国的途中，路经香港，在旅馆时，他的乡愁病犯了，用此来对抗他一直想折回中国去的念头，这念头有时是如此强烈，一天会出现好多次。以致他写信给母亲，建议母亲在花园里挖一个游泳池。

有点水，即使不是海湾或海洋，也是安慰。

青岛不仅在地图上和空间都远了。好像许多年已经逝去，母亲那里累积他的信，怕有上百封了吧，环视一下整个生命，不过一小段。他觉得他这一生不会再有爱情，可能就将消除掉心里那种滋味，不完全是难受，准确地说，是惨惨的感觉。

在街上，遇见有些像闵的中国女人，他都不去看。他不想再见到她。

夜里，他突然大汗淋淋醒来，他梦见了她，穿着一身黑衣。好像她从来都没穿过这种颜色。

闵是决不会再当着他的面哭的，哪怕是他不在房间，也不愿意让他听见的。她把最后一点自尊留给了她自己。

对于他们的无奈结局，她也不是没有责任的：她就是不肯仅仅做他的情妇，因为她爱过他，仍然爱他，甚至一天比一天都更真实地爱着他。这是她做人的权利，爱的权利，她就是不肯被他那么不公正地对待：偷偷摸摸，不敢理直气壮地爱她。她不能让他不把她当作平等的人对待。

在那个致命的上午，她的眼光就把他看穿：他实际上摆脱不了种族主义,不过比其他西方人更不了解自己而已。他的灵魂深处藏着对中国人的轻视,哪怕对方是他最心爱的女人。在闵和郑面前,他的决断绝情,说到底,还是西方人的傲慢。

不能回想,他对自己警告。他自认为是个世界主义者,结果只是在东方猎奇。他只能回到西方文化中闹恋爱,闹革命。此时,他突然想起,K,是"神州古国",中国古称Cathay的词源Kitai,不仅是左右他命运的字母,也是他命中注定无法跨越的一个字母。

船驶出海湾,慢慢地进入大洋,掉头向西行驶。每向前一段,他就少了一点感觉,当那片广袤的大陆变成一条线时,他的痛苦也减轻了几分。船漂浮在大洋上,四周全是海水,和天一样蓝,没边没际的,一只海鸥也没有。那慊慊的感觉,却依然带着一种辛酸的疼痛,在吸他脑汁和血似的。他看见波浪散开,天和海渐渐透明,透明得发亮。

让我快快看到你

一九三七年七月七日,日本法西斯攻击北平全面侵华。几乎同一天,西班牙内战决定性的布鲁奈特战役开始。

一个月前,闵从系里那个英国女人那儿听到消息,裘利安加入国际纵队到西班牙参战去了,已有很长一段时间。她拿出所有的信,全是裘利安离开青岛后她写给他的,原是准备寄到英国,只是犹豫未寄出。现在不用寄了。她按写信的时间顺序,一个月扎一束,放好。

西班牙的阳光非常强烈,这儿的阳光也异常强烈,气温逐日上升。她经常一个人走到裘利安住过的房子前,手里握着他的房门钥匙,仿佛他还住在这儿,里面的主人不是别人。

她早已停止了写作,除了写信,注定会扎成一束束的信。她几乎不再说话,不只是和郑,也不想与任何人交往。尤其是下雨天,她干脆盘膝静坐在窗前,一个上午一个下午就这样从她的眼前过去。花园里的树叶密密地遮挡她的视野,这时,她的心既不孤独,也感觉不到绝望。她只穿白色和黑色,那些鲜艳的衣服,再也未穿一次,全堆在一个柜子里,不再放樟脑,让虫和时间销蚀它们。

战争的火焰从北向南延续,青岛成为战时动员的基地。海湾四周全是轰轰烈烈的抗日浪潮,校园里更是闹得天翻地覆。但她觉得战争跟她没有什么关系。

当这天她一步一步在房间里走动时,她的目光发亮,脚步有力,从镜子里,她看见自己比以前更美。她知道,她当然知道裘利安此去西班牙一定会死,因为他希望被杀死,正如她也一样,她太了解他了。所不同的是,他只是想被人杀死,而她有勇气自己杀死自己。

此时正是旧历七月半,鬼节时期,地府门洞开,欢迎每一个前去的人。

她一身白衣袍,坐在书房地板中央,四周点了一圈蜡烛。她闭上眼睛,许多人在烧纸钱,好多漂亮的剪纸在飞扬。一串串影子手举纸房纸衣,坐着纸马车、牛车,还有莲花灯盏,纸轿子,从海湾上直接往小鱼山上来。

她面前有一个铜制的方鼎,那一束束信全化成灰烬,冒着袅袅青烟。很好。这样,他都会收到的。

太阳下山之后,像有重物坠地的声响。接着是人在楼梯上上下下奔跑,开灯,开门,忙乱一片,脚步声急促。又一次自杀。已经几次了,郑教授和仆人们处理此事已有经验。

她被送进医院。但这次医院却已住满了受伤的士兵和军官,发牢骚的医生把她留在走廊里一个有轮的担架上,等着处理。走廊暗淡的灯光下,郑守在一旁,脸上没有表情。

她已说不出话来,在半昏迷半清醒之中。她又一次做这件事,因为她知道,这是唯一的办法,强迫裘利安回到中国,回到她的身边来看她。这方法很灵验,每次他都来的。就像一年前,他失踪一个多月,她一用这方法,他就突然回来了。从来这个方法都没有失效过。

果然,她看见裘利安,带着他常有的讽刺性的微笑,只是这次他从医院的太平间那头走过来的,他穿着军装,脚上是靴子,戴着钢盔。

她幸福地闭上眼睛,她感到他已经走近了。她的衣服在被剥开,她的乳头一下硬了,他冰凉的手指一触,就痛。她不由自主地伸出双臂,张开颤抖的嘴唇,去迎接他的嘴唇。她的双腿自然地曲起,那美妙的地方,一点也不害羞地涌出汁液,那么甜蜜,裘利安进入她的身体,他紧紧贴着她的皮肤全是汗,他爱她,就像她爱他一样,他和她动作从未如此热情而狂野。他们一直在高潮里,四周是不断轮回的天地,是斑斓闪烁的河流,广阔和悠长。

"太奇怪了,"护士的声音,"怎么这块刚挂上去的白布门帘有了血迹?"

闵没听见护士的话,但她知道鬼节还没有结束。

K给裘利安的诗

北平

——我们的自画像

怎么样,这枝梅?

许多花岗岩的眼睛都等碎了。

可我记得你的嘴唇说:

"直到老,我们睡。"

距离的冬天被描画在一个瓷瓶上

我曾在那儿,历代胭脂的绯红

从我手指缝间飘落

在结冰的护城河上。宫女

在回忆你心里吹的一个呼哨。

青岛

——听你讲《荒原》

鱼王害怕的只是

眼睛的咒语,怕误了

鲜润的唇,玉雕的乳。

而你一步步顺走廊盘旋:折磨

使一夜夜值得熬过。

你能使母亲的快乐在我身上重复?

父亲是空的,他们以为女人就是女人

母亲才是肉身的艺术——

引导佛陀泅过咸水。

小鱼山

——遥记旧事

我听见你伏在枕头上说:

"黑夜里我也看得见你。"

我将爱这句话几生几世。

从山上摘回一把鸢尾花
"雨水要九月的。"
九月我出生,你不知道。
你终于在想念我了。

双影
　　　——你从我的房前经过

两层楼的高度不够,
月亮黄成一个杯
我举起来,今天已经是第几次
我想酒醉?

我每天梦里都和你一起
你再也不会进我的后花园
槐花都开了,
你才学会幽会。

砍伐者
　　——按季节更衣

想一想屋里有多少明代瓷瓶
"你需要水。"你说。
我怕你的眼睛的蓝
有水的世界才有这蓝

每天醒来检查瓶里水有否?
好吧,我答应。
你在我赶回家时,过海湾去。
我从山上望下去时
海湾不是水,
砍伐者在我身边走过。

荒谬的梦
　　——你的船形书桌

仅仅一分钟我就会笑。
你在刑场转圈,
吊绳垂在我的手边

再过一分钟我的神情就会安详。

我在这个夜里听到呼唤,
出自你的心,去要求
死神好好待我。
失去夜的人只能失去记忆。
这么多的黑暗,我怎样
才能走到你的身边,悄没声息。

古琴台
——惊闻你有L后

"他带我去跑马场。"
那个英国女子很漂亮
好像心也不错。

古琴台只我一人,
我是那遥远时代的弹琴人,
而你听不到。
听到你也不明白:
东方音乐讲的是单调的韵味

寒风迫使我下山,

下山是我唯一的路。

桥头
　　——等待你的决定

那头像的存在,使桥身微颤。

想起许多人,

聚在河那边。

他们在松树林后

做一些无法猜测的事。

但他们肯定要来,

从松子,从钢筋混凝土走来。

必须想到,他们中的一个就是那头像。

必须明白桥将在他脚下

摇晃,

猛烈地把我摇醒。

附录

专业化小说的可能性

——关于虹影《K：英国情人》的断想

陈晓明

虹影在中国文坛一直是一个富有争议的作家，这种争议与所有的争议都有所不同，这不是在明面上的争议，而是在暗地里的，在人们的内心世界的一个角落里的。数年前我写过一篇关于虹影的短文，我预言，虹影是墙外开花，墙里也香。但事实上，虹影在中国内地文坛并没有红起来，虽然她的书一印再印，大报小报关于她的各种事件也写得很热闹。但虹影并没有受到重视，她可以是出版商赚钱的工具，也可以作为媒体抢眼的新闻，但在文学界，虹影的位置在哪里呢？谁会给她排排座次呢？她在什么档位？一位作家只要稍有影响，就会在文学圈给定一个恰当的位置，但是虹影没有。这事有点蹊跷。对虹影的写作，人们拿不定主意——当代文坛从来就没有多少主意，有的是人云亦云，但因为有一些参照系，还是不难大体描绘出某个作家的位置。

可是虹影没有参照系，她的参照系都超出文坛常规经验范畴。只要看看她在中国内在出的几本书，封底印满了欧美大牌报刊名人大家的评语。封底更是铺满了令人眩目的评语：老牌的帝国主义报纸英国《泰晤士报》领衔，后面有瑞典的BTJ杂志、《哥腾堡邮报》《首都日报》，随后还有美国的《洛杉矶时报》《纽约时报》……再加上国际国内各路大牌评论家助阵，铺天盖地，大有炸平庐山之势。虹影是何方神仙？哪有这么大本事呼风唤雨？虹影要干什么？

确实，虹影要干什么？不就是出一本书吗？虹影为什么要拉来大旗？看来根本原因还是在于她对她在大陆文坛的号召力心里完全没底。在台湾，虹影夺下的各种奖项不计其数，在欧洲，Bloomsbury这个老牌的出版业巨子主推虹影，把虹影的书放在伍尔夫和马格丽特·杜拉斯同一书架上——这是迄今为止任何一个中国内地作家都未享受过的殊荣。

如果知道资本主义出版商的如此行径，中国作家没有不会大跌眼镜，愤愤不平的。

但资本主义知道什么？他们只懂得变成英语的中国文学，变成英语好不好？好就是好，不好就是不好，资本主义有它的标准，赚钱则是它的根本目的。当然，虹影在欧洲和中国台湾眩目成功并没有使中国内地的同人们晕头转向，大家可以充耳不闻，视而不见。虹影谁不知道？关于虹影，人们早已为偏见所遮蔽，也忘了"士别三日当刮目相看"的古训。如果说人们对虹影过去的作品的水准还拿不定主意，那么，《K：英国情人》是足以证明虹影的文学才华了。如果人们没有偏见，如果人们有些基本的文学鉴赏力。

《K：英国情人》可以说是一部专业小说，或者说达到专业水准的小说。所谓专业小说也就是那些符合我们迄今为止形成的关于小说的标准概念的那种小说。这些概念自欧洲浪漫主义和现实主义兴起以来支配着小说的历史和审美标准，所有的艺术创新都在于突破原有的模式，但最终总是形成一种稳定的小说格式。说白了，专业小说就是好看而又具有相当艺术水准的小说。处在当今中国文化转型时期，文学为适应市场也已经搞得不知所措，人们以为放弃文学史的前提，直接面对市场写作就是一件轻松自如的事。事实上并非如此。能够适应商业市场又能保持艺术性，这是当今常规小说最为困惑的难题。

如此说来，从"专业化"这个角度去理解虹影的小说《K：英国情人》，并不是降低标准的做法。中国现代以来的小说其实需要补上专业化小说这一课。现代中国小说还没有完成资产阶级文化建构，迅速就被无产阶级革命事业改编了。现代小说这种形式，说穿了就是典型的资产阶级文化，不管是浪漫派小说还是现实主义小说，都是资产阶级个人主义文化自我建构的一种手段。但在中国现代，由于启蒙与救亡的民族—国家事业需要，小说成为民族寓言叙事，它成为现代性宏大叙事的主要表现形式。另一方面，专业化小说标志现代性的职业行为，虽然艺术这种东西是个人独创性的，但它总是有一套现代性的标准和形式。

回过头来看一下历史，中国的大多数作家不能写作真正的个人化小说，纯粹阅读的小说。或者说，专业化小说对于当代中国大多数作家甚至于知名作家来说，并不是一件轻而易举的事。

当今一些被叫好的作家，并没有摸清小说写作的门道，他们的作品很不专业。当代中国文学经历过先锋派文学的形式主义实验之后，小说已经难以在形式上做出更多的创新，艺术上的突破也不再有冲击性。不管是作家，还是出版商，都不愿做纯文学探索的牺牲品，他们更乐于做图书市场的宠儿。在这种情形下，传统小说重新完全占据主流地位则不奇怪。但现今流行的传统小说，不管是讲述故事，或是人物性格刻画，还是结构组织和语言描写方面，都显得差强人意。松懈、平淡无奇，不能很好地把握叙述节奏，故事打不开也收不拢，这些都使当今小说缺乏生气和趣味。

虹影的《K：英国情人》作为一部常规小说，却可以看出作者对故事、人物、情调、结构以及叙述节奏都把握得相当出色。小说的开头就显示出构思的精巧，这里面显然蕴含了一个生动而引人入胜的故事。简洁清晰而内涵丰富，自然舒畅却多有奇趣。常规小说确实不在于形式和故事有多么惊人的革命性，只在于恰到好处多出一点。

如果说这部小说多出一点，就在于它在东西方文化冲突吸引的关系中，创建东方文化的奇观。这部小说的故事就是经典小说的惯有的情爱故事模式，就欧洲的文学史而言，从浪漫主义到现实主义的故事，用福楼拜的话来说：所有的名著只有一个主题，那就是通奸。我说这部小说是一部专业化小说，也就是说它严格按照经典小说的主题来展开故事。当然，"通奸"这个主题其实蕴含着极其复杂多样的历史内涵。《包法利夫人》《安娜·卡列尼娜》《红与黑》《红字》……"通奸"里面隐含着相当复杂的人性的和历史冲突意义。当然，虹影这代作家已经对历史化的宏大叙事不感兴趣，在她们的观念中，那些历史与人性的冲突并不构成小说的思想轴心，只是这种故事还映射着一种文化张力，它可以支持故事以及人物也在一种张力状态中运行就足够了。

这里的通奸关系，因为打上东西方文化的冲突，而具有了意识形态的含量，它的虚妄性显而易见，但也使小说在思想意识内涵方面捡了一个便宜，那就是它具有一种内在性，一种显而易见的反思体系（正确深刻与否暂且不论，至少它有了某种"东西"）。因此，这里的情爱关系，就具有了思想反射力量。从性质上来说，情爱关系可以具有思想化的转化功能，那就是这两个人的情爱关系可以再度解释为是关于东方阴柔的唯美主义对西方的雄奇的唯理主义的征服。小说中把两种文化糅合在一起的叙事方式，也显示出作者的文化资源占有相当不寻常。这部据说根据裘利安一些故事而重新虚构的小说（虹影因此而吃尽了"苦头"），显然是作者在当今跨文化语境中对历史所做的全面改写。一个柔弱而美丽的东方女子，用她的神秘气质，用她东方房中术降服了一个西洋的花花公子。这毫无疑问是一种带有意识形态色彩的文化想象——这些观念上的虚妄，并不能掩饰小说在创建一种思想的映射系统。那种浪漫主义的情怀，早期中产阶级的知识趣味，一些介于真实虚构之间的文化背景，这些都使这部小说有着特殊的文化趣味蕴含。

说到底，这部小说还是把两性吸引中的男女的性格、心理刻画得相当成功，把勾引的艺术、艺术性的勾引写到家了。这与那些动不动就写乱搞、赤裸裸的堕落，或者装腔作势纯情自恋相比，这就是专业化的勾引，当然也就是专业化的写作勾引。多年前，罗朗·巴特把阅读比作色情感受，把写作比作勾引。热衷于先锋派形式主义策略的巴特，何以会出此言论，这令人大惑不解。实际上，色情感受和勾引，都不过是他所迷恋的沉醉于其中的法兰西式的纯艺术态度。先锋性的写作如此，专业化的小说写作也可能如此。前者是纯粹语言风格的；后者则是经验性的和想象性的。专业小说写到家了，就能产生这种效果。

裘利安这个大玩家，过去都是他抛弃女人，现在轮到他坠入情网，拜倒在东方女子闵的石榴裙下。我们无法去考究它的真实性，也没有必要质疑其可能性，这些思想意识之类的东西，不过使故事具有了某种内在性，或者说一种内在的支撑。作者就可以放开手去展示那些过程。事实上，这部小说最成功之处就在于它的描写性。

在小说中，我们感受到两性的相互吸引被叙述得丝丝入扣，那些勾引的过程却能透露出一种诗情画意：

> 裘利安第一次看到她不戴眼镜。他从未料到闵这样美。红晕使她的脸显得非常细腻，而她一生气，嘴唇微微突出，好像有意在引诱一个吻。那嘴唇的颜色，几乎像用口红抹过。
>
> 在窘迫中，闵站起来，去取掉在地板上的餐巾。他突然又注意到闵的打扮，一身粉白色丝缎旗袍，领口不高，却镶绲边，空心扣。不像校园里女生直筒式旗袍，而是极其贴身，分叉到腿，把她全身的曲线都显了出来……
>
> 烛光让裘利安找到了熟悉感和亲切感，一切好像似曾相识，而不是在一个陌生国家。
>
> 烛光烁烁，一桌酒菜，闵依然是女主人的姿态，若无其事地给

他倒红葡萄酒……

我之所以在这里引述这段描写的文字，在于这部小说确实在描写方面相当出色。那种微妙的感觉、矛盾心理、复杂的体验，都表现得细致而富有层次感，优雅从容而舒畅自然。小说描写的功夫不只是体现在人物性格刻画方面，更重要的在于创造一种情境和气氛。

我以为当代有两个天生的小说家，其一是苏童，其二是王朔。他们分别代表不同类型的小说家。我们不讲他们的变革和创新的意义，就从常规小说的角度，也就是从专业性的小说写作角度来看，王朔的小说在于人物的直接行为动作的刻画，这就是人物的语言来刻画出人物的共时态的存在。而苏童的过人处则在于表现小说的情境和气氛。这在《罂粟之家》和《妻妾成群》中表现得最为充分。苏童是擅长于揭示人物（特别是女性）的心性命运来表现人物的历时性存在。

虹影的《K：英国情人》属于苏童一路，她把人物的心性刻画得相当充分，她的叙述不断地对人物的感觉体验和内心活动进行辨析，但又不烦琐，始终保持一种明晰和流畅。从这一意义来说，虹影的小说叙述功夫已经相当到位，没有什么理由不认为她是一个称职而出色的小说家。

实际上，虹影的小说也呈现为不同的风格，数年前她的小说偏向于前卫性，远离直接经验，她热衷于探索那些非常规的、陌生化的、神奇而怪异的超现实体验。她最初的小说就潜伏着一种玄秘性的动机，这些神奇诡秘的因素从一开始就引诱着叙事的发展，引诱着故事向着不可预测的方位变化,并且促使明确的主题意念变得隐晦奥妙。现在,可以看得出来,虹影的小说越来趋向于常规化,而且她在这方面做得相当到位。《K:英国情人》证明了虹影的多种可能性,也提示了当代汉语小说多样性的前景。

原载《南方文坛》杂志

走进裘利安·贝尔的情感世界

顿珠·桑

虹影在这本小说里演绎了一段发生在二十世纪三十年代中期一位中国女子闵和布鲁姆斯伯里圈的第二代传人裘利安·贝尔（Julian Bell）之间的爱情故事，出版之后，勾起了不少编辑、读者种种兴趣。有趣的是，大家关注的焦点都集中在别人身上，仿佛小说的主角裘利安·贝尔是一个无关紧要的人物。然而在我看来，这部小说若对中国现代文学史做出了任何补充，那么这个补充恰恰在于虹影创造了一位内涵丰富的外国人，而且这个外国人又是如此身世不凡才华横溢的裘利安·贝尔。

裘利安·贝尔，照小说记载，是于一九三七年七月十八日死于西班牙的。享年不过二十九岁。他在中国的时候正是二十七八岁的光景，青春年少，满脑子浪漫的念头，在中国，与一位中国女子产生感情本来是一件最正常的事。但是，小说家却在这个普通的爱情故事背后，埋伏了一层又一层的文化内涵。首先是布鲁姆斯伯里文化人放荡不羁的生活方式。裘利安的父亲克莱夫·贝尔情人不断,母亲范奈莎曾与邓肯·格兰特结为密友,格兰特是个双性恋,范奈莎不只给予理解与容忍而且曾与格兰特生育一女,就是裘利安的妹妹安吉莉卡。裘利安自觉地继承了父母的衣钵,恋母情结促使他把每一场情事都详详细细地告诉母亲,这一来,每一段感情都仿佛带上了三人行的暧昧色彩。他与闵的恋爱,基于两个人同为各自文化中的边缘人物,他,因为布鲁姆斯伯里的"不正规的性爱",而闵,从裘利安的角度来看,因其迷恋封建迷信,应该算作进步的现代知识分子中的边缘人物。但是,这个"共同基础"起码有一半是小说家的解释。裘利安毫不了解中国,他即便能够体会闵这样的热情女子婚后的苦闷与辛苦,又何能那么快就理解到一个现代中国知识分子的困境呢?

  裘利安对于中国的兴趣是另一个文化内涵。裘利安是一心一意要到中国来参加革命的,然而一到中国,他发现他已"被享乐世界给迷惑住了,忘掉了初衷和志愿,忘掉他一直带着遗书,忘掉他是满怀对整个人类的悲哀和同情来中国献身的"。他那在剑桥的温室里,布鲁姆斯伯里的客厅里培育出来的自由主义精神不断和中国的现实发生冲突。他并不清楚国民党、共产党哪一个更能够代表自由,他并不清楚为什么像闵的丈夫郑那样的自由知识分子面对内战却选择在大学里面继续教他的英美文学,并不像他那样投笔从戎;他更不明白,为什么以布鲁姆斯伯里的标准衡量起来如此滥情的诗人徐志摩,那个"三等雪莱的货色",会在中国如此脍炙人口。他不断地提醒自己不要忘掉中国的劳苦大众,然而当他真正目睹了流血之后,他终于认定"这不是我的革命""即便要革命,也没有必要这么血腥"。裘利安到中国究竟为了什么?

当事人未必清楚,半个世纪之后的小说家却忍不住对此发表意见,虹影对于二十世纪三十年代反法西斯的进步西方知识分子不露声色地"损"了一下。

有的时候,她甚至没有那么含蓄。比如,当裘利安最后选择离开闵,离开中国的时候,闵的口气简直就是指责:"他实际上摆脱不了种族主义,不过比其他西方人更不了解自己而已。他的灵魂深处藏着对中国人的轻视,哪怕对方是他最心爱的女人。在闵和郑面前,他的决断绝情,说到底,还是西方人的傲慢。"

裘利安一到中国就糊涂了,原因在于闵带给他的文化意义太丰富了,作为布鲁姆斯伯里的宠儿,他自己的文化包袱也太沉重了,他不断把自己和父辈们相比,他有意识地实践布鲁姆斯伯里的自由精神和文化理想,以至于除了上床的时候之外,他在中西交织的文化迷宫里寸步难行。裘利安在闵面前是被动的,"他这个剑桥学生中有名的登徒子,面对猎物,从不犹豫发出一箭,这个中国女人怎么抢了个主动?"还没等他醒悟过来,闵已经布下了阵,发出了帖子,静静地在北平等着他来研习中国传统文化了。到了北平,迎接他的是一个从妻妾成群的旧家庭里走出来的如同中国古画一般的闵,他被她带着参观了戏园子观赏了鸦片馆拜见了齐白石,每看一处景观,裘利安那西方中心,他的男性尊严都不断地受到挑战。这个时候他的心情十分复杂,他在为挑战所激越之余,又暗自庆幸自己涉猎的运气比只会在英法女人堆中求欢的父亲要好得多;他不断在中国文化中发现"性"趣的同时,又努力地告诫自己不要为文化所羁绊，不为婚姻所羁绊。裘利安和闵之间感情发展起伏跌宕，充满了戏剧性，他们各自的性格十分鲜明，中国给他们的情事提供了一个又一个光怪陆离的布景，甚至于那通篇的性爱描写都不妨看成是舞台上的一个个表演，但是这场戏动作很多，却缺了一点婉约缠绵的感情。实际上也不可能有任何缠绵。

因为发生在闵和裘利安之间的故事根本就是一场文化邂逅，既不是一个单纯的感情故事，也不是一个深入的文化交流。北平、青岛是背景，裘利安是主要演员，而闵呢，似乎带有点导演的意味。这场情事，随意得很，似乎不大符合当时的历史情况。但是仔细想一想，二十世纪三十年代很多西方知识分子的中国之旅不都充满了这样的随意性？我甚至觉得还随意得不够，这个遭遇的每一步都被赋予了过分复杂的文化意义，其负担之重，有的时候很难为两个渺小的个人所能承纳，使得他们没有时间细细地把玩感情。

我始终认为布鲁姆斯伯里的文化人，从老一代的斯特拉奇、克莱夫·贝尔开始，是一群过分自恋潇洒不起来的知识分子。他们都毕业于剑桥，每周四的聚会本来只是为了剑桥的校友毕业之后继续保持联系，的确也尝试了种种不同的生活方式，但是始终摆脱不了英国的精英知识分子的包袱。布鲁姆斯伯里的文化人对于传统的背叛，有一半是对于自己的出身的背叛，其辛苦是可想而知的。最有名的伍尔夫不就终身不能摆脱抑郁症的困扰，直至付出生命的代价？

裘利安·贝尔，这个布鲁姆斯伯里的传人，漫游中国之后又远赴西班牙，除了其社会主义的理想之外，是否有意摆脱英国文化或者布鲁姆斯伯里的阴影呢？我不得而知，但是依稀记得，上海出版的《天下》月刊，一九三五年曾经发表过贝尔的诗。找来一读，我突然意识到这位布鲁姆斯伯里的诗人原来有其十分清纯朴素的一面。他喜欢怀旧，喜欢回忆童年，回忆伦敦。有一首诗里他描写情人的手，从女人的膝盖到胸脯划过，"皮肤细腻的感觉苏醒了，在歌唱"，以此来比喻伦敦初春时分的悸动。另一首描写情人的分离，说海湾边呜咽的水鸟的叫声，如同激情已去的情人的心跳。再有，描写伦敦的生活，他说，"无法填补的空虚，难道生活就是如此？让我再努力一下，接受我的责任，之后我便回归自我，让这个物质的世界离我而去。"很难说裘利安这些诗是否是在中国时写的，它那新鲜的字句让我觉得这个人并没有因为他的学问和身世失去对生活的最基本的感觉。

读这样的诗有的时候很希望能够走入这样一个敏感的人的感情世界，而不只走到他的床上。虹影的书应该说在一定程度上满足了这一需要。

原载《万象》杂志

答杨少波八问

1. 从你的作品里，始终可以听到水的声音，你的《饥饿的女儿》的英译名字就是"河的女儿"，我觉得这是和本名同样贴切的好译法。能否讲一讲你童年对于那条大河的记忆？你在其他地方见到的水是什么样子的？与故乡的水有什么异同？

虹影：你看我的名字：虹影，仰天之水，相遇阳光。河流不仅是我生命的象征，而且就是我的生命本身。

我生长在长江边上，我的父亲是长江上的一个水手，我的母亲就在长江边干苦力。小时正是"文革"的时期，经常看到有人奔跑往江边而去，跳江自杀，然后死的人都很奇怪，女的都是脸朝上仰着的，而男人脸都是朝下。当他们浮起来的时候，一旦他们的亲人或仇人来，他们的七窍都会出血。我看见船翻了，很多的脑袋在江水中浮沉。我每天都提心吊胆，母亲如果坐船回家来她会不会出事，如果母亲从山上回来我就会非常高兴。

几乎我的每一部小说都发生在河流上面。无论后来我到哪里,全国跑全球跑,我依然是长江的女儿,我始终感觉自己站在河流边上,永远是那个在江边奔跑的五岁的小女孩,希望有一个人来救我,把命运彻底地改变,我发现来救我的人,只能是我自己。

2.你的文字里有"历史",我认为这是使你的文字和他人卓然有别的地方。从你的作品中,让人感受到:一方面是个体生命的葳蕤体验,一方面是社会历史的雄强节奏,你为什么关注历史?你的历史观是什么?感情和历史是什么关系?"长江边上奔跑的小女孩"的形象,河流边上单薄的时间形象。对你而言,时间是什么?

虹影:历史和个人的命运联系在一起,离开历史的个人,是虚假的,是自我幻觉,或者自恋狂的手淫——我这话说得难听,不过中国女作家写的东西,有不少真是自己满足自己。

我从小明白,周围每个人的命运,都与历史有关。早一年,就死在饥荒里;差一年,就当了三峡的农家女;念头一过,就自我了结。所以,我写的书,《饥饿的女儿》《K:英国情人》《孔雀的叫喊》,包括我的未来乌托邦小说《女子有行》,都和历史的强大进程联系在一起。我写战争,写大饥荒,写"二战"前的中国,写正在修建的三峡大坝。很少有人看出,仅从我的作品,难分辨出作者性别。我的女性主体,是隐蔽的。我进行一种超性别写作,在这一点上,我可以跟男作家抗衡。我不喜欢"小女人写作",不管是新人类,还是新新人类。对此，我骄傲。

3. 汉语通过你作品的众多译本在世界范围得到了传扬，这是汉语的骄傲。你在不同的译本的译者、读者那里得到了什么样的反映？能否举一两个译者、读者为例？

虹影：文学作品其实是难以翻译的。即使是双语作家，就像哈金，他也是和翻译者一起共同翻译自己的文字。每一种语言的表达方式、韵味都不一样，各种比喻都完全不同。

我的书在全世界已被翻成二十五种语言，我能读的语言只有英语，所以只有英语我可以成为译者的帮手，因为译者会问我一些问题，可以沟通。最后由出版社的编辑坐下来对那些文字做一些整理修改。

但是其他文字，都是我的经纪人找出版社，然后找到翻译，翻译是懂中文的，会问我一些问题。其他的语言送来一大串问题。我说你愿意怎么做就怎么做，因为根本读不懂。有些译者很傲慢，非要对作家的作品进行再创造。我读过一些被翻成英文的中文作品，如果作家本人能看英文版，他肯定会暴跳如雷。

我回北京前，我英国的出版商对我说，她在希腊度假时在机场看见我的希腊版的《饥饿的女儿》，很惊奇。台湾的出版者隐地，在我尚是无名小作者时，长期出版我的书，他在哥本哈根转机，进书店，又看到我的丹麦文版。而我对此，已不像早些年那么喜悦，为什么呢？因为那不是我的国家，也不是我的文化，但是有读者喜欢我的作品，所以我在西方出版了四部长篇。

通过与西方作家的交流，我知道自己的局限，有时感觉到自己加入了世界文学的狂欢节。

我很喜欢巴赫金的狂欢节理论，而且我有所推演：文学艺术只是人摆脱庸常的方式，是世界这个大工厂的安全出口。我们，全世界的作家，就是安全出口的看门人。我们经常做些引人注意的动作。有人说是作秀，但是有多少人在工厂里埋头一辈子，就是不看我们的手势。总有一天，你会从工作台上抬起头来。摆脱庸常，是多么美好的事！

我想这就是中国作家，与世界作家的不同：中国作家关心如何使中国人摆脱中国的庸常（这已经是功德无量）；世界作家要让各国人都能找到共同的出口。

4. 通过想象，通达多重世界，看你的作品，不同的想象方向使得你的文字有极大的变化，似乎出自多套手笔。你的想象力和童年有关系么？想象力在儿童的世界里该受到怎样的保护？从你的文字里读到了童话的品质：纯粹、透明、幽伤，经得起多重解读和反复。童话对你有什么影响吗？

虹影：有评论者说过我有想象力崇拜，认为我是"叙述狂"——喜欢讲故事，讲故事时透出一股狂喜，巴尔特称为"文本欢乐"。永远想让我的人物多遇上点惊奇，多撞上点危险，读起来几乎都像惊险小说，但是我醉心的是把玩人的命运，是让我的人物变成想象力游戏的棋子。

而这，恰恰是上帝的游戏，神的职能。

热衷想象，绝对与我的童年有关系，我家的堂屋，那些在夜里神出鬼没的蝙蝠，据父亲说，是医治不治之症的偏方。尤其是用电筒搭着木梯捉蝙蝠，那些月光与乌云比赛漫过天井，我父亲眼盲，他却站在黑暗中，而瓦片上有奇怪的脚步声。再看那堂屋的墙，黑暗中全是天书般的文字，写着一个个人的过去和未来，我在这种企图读懂的过程中明白了文字的力量。

5. 看你的文字，感觉与你相近的是鲁迅。在读《饥饿的女儿》时，我常想起鲁迅的看事方法，都有极冷极热的两极。似乎鲁迅用钢，你用水，所以感觉柔软、谅宥、弱善，二者皆有锋刃。能否谈谈你对鲁迅的感觉、关系？

虹影：我有一篇散文写未成为鲁迅前的周树人，周树人是一个失败者，一事无成。我觉得所有批评家理解的鲁迅，都不懂得周树人是谁。我觉得周树人和我能互相理解："只有你知道，我是一个人在挣扎，只有你知道，有多少次，我已经向命运投降，渴望一死了之，但我终于活了下来。"

那年夏天在东京，我突然醒悟：我应当学学周树人，他从来没有梦想充当民族的喉舌，我也决定打消代小女子怨妇们发言的打算，自己沉一沉气，开始乱读闲书，让自己在忧郁中慢慢体验忧郁。也就都平淡如水。

周树人近四十岁突然爆发，变成自己也没有想到会变成的人：我在四十岁时渐渐沉静随遇而安，做一个努力模仿当年周树人的人——我应当敢做一个失败者。

你说鲁迅是钢，你有没有想到心境如水的周树人？"柔软、谅宥、弱善"。我同意，我是周树人。

6. 有人说读你的作品，感觉有一种激烈的冲荡，我从你的作品里读到的是大平静：苦难得到平复，罪恶得到宽恕。苦难对于你意味什么？

虹影：苦难于我是"带发修行"。波斯长诗《鸟儿的故事》有一群鸟儿历经千难万苦想寻找鸟王西姆格，一路上很多的鸟放弃了，有的开了小差，有的出了意外，有的吃不了苦，停滞不前的，大多数鸟都死去了，终于有三十只鸟经历艰险和苦难到达西姆格国王所在的一座山上，见到了鸟王。鸟儿最后发现他们自己就是他们想寻找的鸟王，而且西姆格就是他们中的一只，或者就是他们中一部分或全体。

在《阿难》里面我也说只需静心悟就能明白的事：恒河沙不计其数，每粒沙是一条恒河，又有多少恒河沙呢？生是沙，死也是沙，既然沙即河，那么我就沾一两粒沙走吧。

如果佛不度我，我就自度。

7. 脆弱、柔善、悲伤在你的作品中被照亮，让弱发出强的光，你为什么关注"弱"？

虹影：你只要一到长江边，就可以看见长江两岸那些老百姓的生活，真需要更多人的一种关怀。我闭上眼睛就好像听见他们在喊，他们在需要一种实在的目光来对他们关注。这一点上我觉得《孔雀的叫喊》跟《饥饿的女儿》是共通的，我在替那些发不出声音来的人发出声音。

8. 在网上资料里看你说"作为女人此生十分满足（幸福）"（大意如此），能否谈身为女人的幸福？

虹影：我不记得说过这话。一个人的成长期，从十三岁到十八岁，心灵与身体一起成型。这个阶段对人生的塑造能力，远远超过一个人自觉的程度。所谓"成长小说"，从歌德的《威廉·迈斯特》起，成了现代小说的一个基本类型，此中大有讲究。

《饥饿的女儿》，写的就是这个阶段。这个时期的每个人，生活都是相当困难，生理的适应，性的觉悟，已经够麻烦。开始需要独立地处理与人、与家里、与社会的关系，有时候会把少男少女的头都弄晕了。

我的成长过程，没有受到一个女孩子应得的呵护，我必须比男孩子更加坚强，面对许许多多人生难题。

这样好。这样我一生就从来没有把自己当作一个女人。我是说，女人应当有权享受软弱，享受手足无措，享受被人原谅"见识短"。没有这事，我从来不期望这种奢侈。

如果你把我这种人生态度，称作女权主义，那就不太妙：因为没有多少女知识分子有过那样的成长经历。而现在的女权主义，过于知识分子气。

  我可以说是一种前理论的女权主义者，命运预设的女权主义者，行动的女权主义者。我正在杀青的一部新长篇，就是写一个女人如何征服了男人的天下，一百年前的上海。

原载《人民日报·人民论坛》杂志